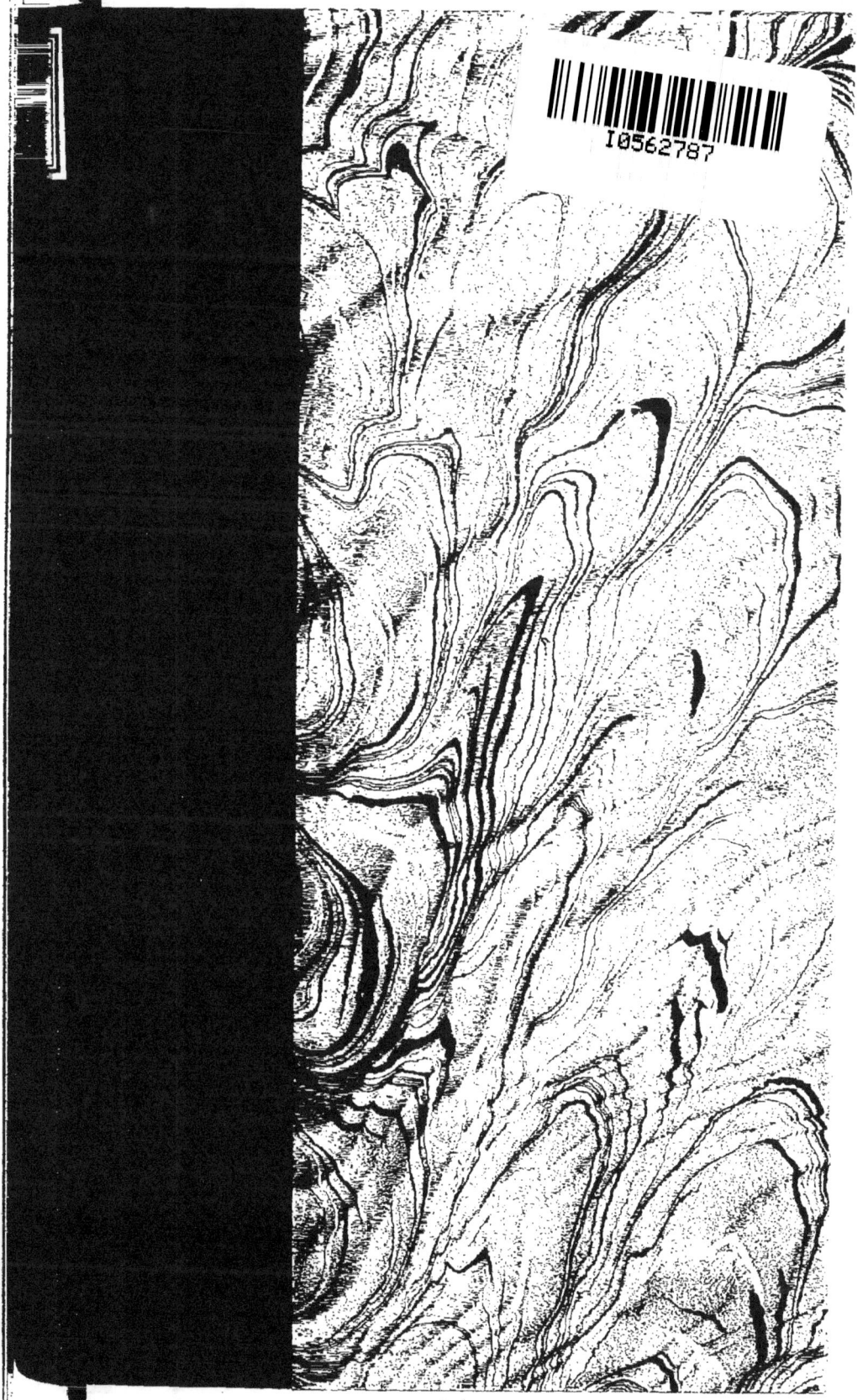

LE
GRAND SEIGNEUR

ET

LA PAUVRE FILLE.

PARIS.— IMPRIMERIE DE COSSON,
Rue Saint-Germain-des-Prés, n° 9.

LE
GRAND SEIGNEUR
ET
LA PAUVRE FILLE;

ROMAN DE MOEURS

PAR M. E. L. B. DE LAMOTHE-LANGON,

Auteur de *Monsieur le Préfet*, *l'Espion de Police*,
le Chancelier et les Censeurs, *le Ventru*, etc.

Sæpè in magistrum scelera redierunt sua.
SÉNÈQUE, *Thyeste*, acte II, sc. I.
« Le conseiller d'une faute en est souvent
la première victime. »

TOME QUATRIÈME.

PARIS,

MAME ET DELAUNAY-VALLÉE, LIBRAIRES
RUE GUÉNÉGAUD, N° 25.
M DCCC XXIX.

LE
GRAND SEIGNEUR
ET
LA PAUVRE FILLE.

CHAPITRE PREMIER.

LE PRÊTRE ET L'AMANT.

Culpari metuit fides.
HORACE, liv. IV, ode 5.

« La bonne foi craint le reproche. »

« — QUE ferais-je à ta place, Adolphe ?
disait Amédée d'Erbeuil, lorsque à la suite
du dernier déjeuner fait au rocher de Can-
cale, il se trouvait seul dans la rue avec son
ami ; en vérité la question m'embarrasse
étrangement : j'ai passé ma vie à m'occuper
IV.

de choses si futiles, que je n'ai jamais eu
le loisir ni la volonté peut-être de réfléchir à ce qui est sérieux. Un homme qu'on
offense donne ou reçoit un coup d'épée, et
cela fait, tout honneur est réparé, toute
satisfaction est complète; mais entrer plus
avant dans les devoirs d'un honnête homme,
fixer la limite de ce qui doit ou non être
sacré pour lui, distinguer entre le serment
qu'il doit tenir et les promesses dont il
peut rire : j'avoue que cela me semble une
solution insurmontable; je t'aime trop pour
te donner un conseil, et je me récuse en
une matière semblable. »

« — Ainsi donc, tu ne me blâmeras pas,
quelque voie que je suive, quelque résolution que je prenne. »

« — Non certainement, il y a dans ce que
tu m'as conté du pour et du contre, du
plaisant et du sérieux ; la probité peut er-
rer, les devoirs sociaux sont aussi à res-
pecter ; où est au fond le juste et l'injuste,
c'est ce que je ne sais pas ; ta position est
embarrassante; adresse-toi à ta conscience,

pèse les deux cas , et, si tu m'en crois, suis celui qui te laissera le plus en paix avec toi-même; tout ce que je peux te dire , c'est que je ne m'amuserai plus à tes dépens ; oui, me voilà forcé à perdre le souvenir de la fameuse cravate.... Je ne pensais pas que ceci allait si loin. »

Amédée d'Erbeuil était le plus léger des hommes; il vivait occupé des soins frivoles qui remplissent un temps considérable de l'existence de certaines gens ; mais il y avait en lui une âme franche , des principes solides, et, du premier coup d'œil, il avait reconnu la délicatesse du conseil qu'on réclamait de lui, et l'impossibilité d'en donner un qui ne fût pas sujet à controverse ; dès-lors il s'était refusé à descendre avec Adolphe dans la lice morale où celui - ci l'appelait ; il craignait de prendre sur lui une responsabilité trop onéreuse, car il savait à merveille qu'on ne joue pas impunément avec les préjugés et la bonne foi.

Son ami s'était flatté que, loin de tenir

cette conduite, il s'accorderait à se diriger
dans la sienne, et le refus qu'il recevait le
plongeait plus avant dans une mer d'agitation et d'incertitude. Dolmer, auquel pendant le repas il avait aussi avoué sa situation, s'était montré encore plus récalcitrant
à mettre de la franchise dans ses réponses.
Instruit déjà de l'affaire, il avait paru l'i-
gnorer complétement, quoiqu'il blâmât de
tous points le vicomte ; mais, pour exprimer
sa pensée, il lui aurait fallu se donner du
mouvement, combattre Adolphe, lui tenir
tête, répliquer à ses attaques par de longues
séries de raisonnemens, et il était trop pa-
resseux pour prendre tant de peine. Toute
lutte morale ne le fatiguait pas moins que
toute action physique ; une nonchalance
sans pareille lui faisait éviter les chocs qui
le sortiraient d'une inertie ses plus chères
délices. Aussi, son premier soin fut d'abandonner la partie ; il laissa ensemble d'Erbeuil et Nertal, et se faisant ramener chez
lui par la première voiture trouvée, il ne
lui resta que le courage nécessaire à révé-

ler à Mongervel qui venait le voir ce qui s'était passé dans la matinée.

Le colonel comprit l'imminence du péril; Adolphe, poussé dans ses derniers retranchemens, avait fait comme le faible : conduit au désespoir, il affrontait maintenant l'orage, tandis que jusque là il s'était mis en mesure de le détourner. De cette position nouvelle à conduire la couturière à la commune et à l'église, il n'y avait plus qu'un pas à faire; il en frémit, et, pour y mettre des obstacles invincibles, son amitié, aveuglée plus que jamais, se décida à éveiller de nouveau le superbe orgueil de la marquise de Nertal.

Adolphe, de son côté, ayant quitté Amédée d'Erbeuil, et tout échauffé encore des événemens de la journée, se maintint dans sa première idée d'aller trouver le confesseur de son aïeule. Adolphe appartenait à cette génération nouvelle, dont celle qui s'en va cherche à fausser le jugement : on voudrait lui inculquer de la vénération pour des préjugés qu'elle n'a pas connus, et de l'amour pour des principes que son sens naturel le porte à repousser. Les efforts des amis de l'ancien régime ne sont jamais couronnés d'un succès complet ; ils ont beau faire , leurs enfans ont leur part des idées libérales que leurs petits - fils professeront publiquement.

Adolphe donc, malgré les liens politiques dans lesquels on avait tenté de le retenir, ne partageait point les opinions de sa grand'-mère sur la société prétendue de Jésus; il la voyait, ce qu'elle était en réalité, c'est-à-dire une secte véritable , et, plus encore, une plaie dans l'état ; il se figurait tous ses membres turbulens, intrigans, tracassiers, portant dans les familles cet esprit de zizanie qu'ils propageaient dans le royaume; si bien que, dès qu'il put croire le père Poulvant instruit de son amour, il ne douta pas que ce ne fût lui qui dirigeât les fils du complot formé contre la jeune fille. Il avait tort : ce prêtre, digne en tout de son ordre, portait cependant dans les cas particuliers de la vie une rigidité de

principes peu d'accord avec la morale hon-
teusement relâchée des jésuites. La marquise, dont il était connu, avait hésité toujours à lui faire part de ses craintes et de
ses démarches, et certes, s'il en avait su la
moindre chose, il n'aurait pas introduit volontairement la jeune grisette dans l'hôtel
de Gespart.

Ce fut dans la maison secrète à demi,
que les jésuites, voilés encore sous le nom
de pères de la foi, occupaient à Paris, que
le vicomte d'Erbeuil fut demander le père
Poulvant. Il y avait quelque chose de mystérieux et de suspect qui frappait le moins
attentif, sitôt qu'on avait mis le pied dans
cette demeure; les cloches n'y faisaient entendre qu'un son étouffé, chaque porte
percée d'une petite grille, procurant la
facilité de reconnaître au travers le survenant, roulait sans murmure sur les
gonds; on marchait en tâchant de faire le
moindre bruit possible, ou de manière à
ne laisser voir qu'imparfaitement son visage;
il y avait des paroles à double sens, des

mots de passe, des consignes sévères et changées à tout moment ; on reconnaissait dans ce lieu, une association suspecte, dangereuse, en dehors des lois du royaume, connaissant le précaire de sa situation, et redoutant de périr aussitôt qu'on l'aurait examinée dans tous ses détails, et avec un esprit de sagesse qui lui était insupportable.

Ces diverses choses frappèrent Adolphe; une pensée naquit dans son cœur, celle que lorsque, dans un état aussi libre que la France, il s'élève une congrégation autant amie des ténèbres et craignant la publicité, ce ne peut être qu'une adversaire des institutions légitimes, et que dès-lors il ne peut y avoir avec elle, ni paix, ni bonne trève, mais une guerre franche et ouverte. Le guide qui le conduisait parmi un dédale de corridors, de salles et d'escaliers, au milieu duquel on semblait avoir le désir de l'égarer, afin de l'empêcher de pouvoir s'y reconnaître s'il avait voulu y marcher seul, le guide, dis-je, gardait un profond silence. Il arriva à une porte où il frappa doux

cement, et par des coups convenus sans
doute ; on ouvrit, il se retira , et le père
Poulvant parut. La présence d'Adolphe qui
venait le visiter pour la première fois lui
causa une sorte d'étonnement qu'il réprima
de suite.

« — Dieu veille sur vous et sur les vôtres,
mon fils ! dit-il ensuite , tout va-t-il bien
chez vous ? Madame la marquise serait-elle
malade ? »

« — Non , mon père, sa santé est toujours bonne ; les autres membres de la famille sont aussi en repos , il n'y a que moi
dont l'esprit est troublé, et qui viens vous
demander une explication que je crois nécessaire. »

« — Je suis prêt à vous entendre, répondit le jésuite avec douceur ; asseyez-
vous : il me semble en effet que ni votre
âme ni votre corps ne sont dans un état
tranquille. »

« — A qui la faute, Monsieur ? reprit
Adolphe avec vivacité, à qui la faute, s'il
vous plaît ? N'est-elle point à ceux qui ;

s'immiscent dans les maisons, et qui, loin
d'y enseigner les règles de l'humilité chré-
tienne, y entretiennent les rêves d'un orgueil mondain ? »

« — Je ne vous comprends pas, mon
fils. »

« — Je vais tâcher de me faire comprendre : j'ai à me plaindre sérieusement de
vous, Monsieur, de vous, qui animez mon
aïeule contre moi, et qui la portez à nuire
à une jeune fille innocente. »

Les traits du jésuite exprimèrent un étonnement profond, il regarda l'interlocuteur
avec surprise, et il lui dit enfin :

« — Précisez votre accusation, car jusqu'ici je ne devine pas sur quoi elle est
fondée.

« — Vous espérez peut-être, répliqua
le vicomte avec un sourire de mépris,
échapper par cette feinte ignorance, à la
réponse franche que j'attends ; mais je ne
veux vous laisser aucun faux-fuyant possible ; apprenez que j'ai porté la lumière dans
les ténèbres dont vous vous environnez, et

que j'ai éclairé votre marche depuis l'hôtel
de ma famille jusque dans la rue Frépillon:
c'est vous en dire assez, je présume. »

« — Je connais dans cette rue, répondit
le père Poulvant avec le même calme ,
une vieille femme dont les intentions sont
bonnes., quoique sa conduite ne le soit pas
toujours. — Est-ce de la marchande de tableaux Robillot, que vous voulez parler ? »

« — Précisément, c'est d'elle, et je vois
avec plaisir que vous m'entendez à demi-
mot. »

« — Pas encore, monsieur le vicomte, pas
encore s'il vous plaît, j'ignore les rapports
que vous avez avec elle, et si vous ne me
les faites pas connaître... »

« — Quoi ! s'écria Adolphe , feindriez-
vous de ne pas savoir les détails d'une intrigue que vous menez en chef? ai-je besoin
de vous les répéter? n'est-ce pas vous qui
ayez tâché de me séparer de la pauvre Thérèse ? »

Et à la suite de ce début, le jeune homme,
emporté par son indignation de plus en

plus croissante, déroula devant le jésuite
le tableau des événemens passés que j'ai
déjà mis sous les yeux du lecteur.

« — N'ai-je pas lieu, dit-il en le termi-
nant, de me plaindre de vous, et convient-
il à un prêtre de vouloir s'opposer à un
mariage nécessaire, dès le moment surtout
où il est né un fruit de cette union illégitime ? »

Tandis que le vicomte narrait la longue
et touchante aventure, le jésuite l'écoutait
dans le repos d'une immobilité complète ;
ses yeux restaient attachés sur ceux de l'his-
torien, aucun signe de trouble, de confusion ou d'impatience ne s'y laissa voir ;
mais, dès qu'Adolphe eut achevé, le père
Poulvant lui prenant la main, alors qu'un
sourire mélancolique précédait ses paroles :

« — Je vais à mon tour vous étonner
bien complétement, mon fils, d'abord en
vous déclarant, en face de Dieu qui est ici
présent, que je ne savais pas le premier
mot de cette triste affaire ; ensuite que, loin
de m'en mêler pour la conduire, ainsi que

vous m'en accusez, je lui aurais donné une
autre tournure. Oui, monsieur le vicomte,
mon opinion personnelle est que vous êtes
engagé en conscience avec le fille Thérèse Mortier, sans qu'il vous soit permis
de prendre une autre femme, tant qu'elle
n'aura pas formellement renoncé à vous. »

« — Est-ce bien là ce que vous pensez,
mon père? » dit Adolphe confondu.

« — Oui, et je vous le répète, je prends
le ciel à témoin que je vous parle vrai. »

« — Vous n'avez donc pas engagé la
femme Robillot à tâcher, par or et par
promesse, de porter la jeune personne à
m'abandonner ? »

« — Je ne l'aurais point fait; ma conscience ne me l'eût pas permis. »

« — Votre conscience ! »

« — N'en ai-je pas une, jeune homme ?
et parce que je porte cet habit, ne dois-je
pas en avoir ? croyez-moi, il est indigne
d'un homme d'honneur d'outrer la méfiance ; un prêtre a parfois des vertus comme
peut en avoir un séculier. »

« — Je vous demande pardon, répliqua
le vicomte, d'une exclamation indiscrète ;
soyez persuadé que je vénère trop ma religion pour refuser à ses ministres les res-
pects qu'ils méritent : je me suis laissé emporter par une prévention dont je rougis.
Mais quoi ! Monsieur, vous ne vous oppo-
seriez pas à mon mariage ? »

« — Je le verrais, s'accomplir avec regret ; mais il est nécessaire, voilà tout ce
que je puis vous répondre ; voyez si vous
voulez vous en contenter. »

« — Puisse votre opinion devenir celle
de ma famille, et surtout celle de mon
aïeule ! Vous avez, Monsieur, du crédit
sur elle... »

« — Est-ce à son confesseur ou à son
ami que vous vous adressez dans ce moment ? le premier doit vous être inconnu et
ne peut vous répondre ; le second ne donnera jamais des avis si on lui en demande,
que tout autant qu'ils lui seront dictés par
sa conscience. »

Et M. Poulvant appuya sur ce mot.

« — Je ne puis vous demander au-delà, répondit Adolphe ; vous voyez dans quelle position je me trouve : il y a autour de moi un mauvais génie qui égare mes parens et moi peut-être... »

« — Il y a vos passions, mon enfant ; elles suffisent pour tout bouleverser. Je ne vous cacherai pas combien vous m'avez causé de peine en m'apprenant dans quel gouffre vous vous êtes jeté volontairement ; vous êtes sans doute engagé aux yeux de Dieu, mais le serez-vous en face des hommes ? Ceux-ci voudront-ils entrer dans vos raisons, et, pour vous approuver, se défaire de leurs préjugés, qui sont d'ailleurs bien respectables ? Si vous eussiez vécu dans votre sphère, si vous n'aviez pas cédé à cette envie romanesque de chercher le bonheur hors de votre rang, vous ne seriez pas aujourd'hui contraint à faire un mauvais mariage. Mon enfant, vous étiez, dites-vous, dégoûté du grand monde, eh bien ! pourquoi ne pas alors demander des consolations à la religion? Est-elle si pénible dans ses maximes, si peu consolante dans ses résultats, que la jeunesse craigne de recourir à elle? Vous avez partagé l'erreur commune, et imaginé qu'il suffisait de changer de classe pour trouver le bonheur imaginaire que rien ne procure complétement ici-bas; vous n'avez fait que prendre d'autres chaînes non moins lourdes, non moins propres à blesser, et vous vous êtes mis dans cette place fâcheuse, où vous ne remplirez vos devoirs de chrétien qu'en manquant peut-être à ceux de fils respectueux et soumis. »

Adolphe, pour cette fois, écouta, sans montrer par des mouvemens brusques qu'il protestait contre cette leçon, tout ce que le père Poulvant put lui dire; il sentait dans son cœur un dépit secret de n'avoir pas trouvé dans le jésuite cette duplicité dont il taxait tous ceux de la même robe. Vainement il cherchait à douter des paroles qu'il venait d'entendre, de la justification qu'il avait obtenue. La vérité éclatait dans la personne et dans les propos du prêtre ; il fallait, quoi qu'on eût de défiance, rendre hommage à sa sincérité. Adolphe était trop honnête homme pour ne pas en convenir ; il offrit une pleine réparation à l'abbé, et le pria d'excuser la vivacité de son début.

« — Je ne me souviendrai que de votre excellent naturel, répliqua le père Poulvant, et vous me rendrez heureux si, au peu d'estime que je puis vous inspirer, vous y joignez une tendre affection pour mon ordre : celui-là aussi vous est peu connu, et vous ne le jugez que sur les apparences.»

« — Escobar, Molina et la série de vos casuites existent, mon père, reprit Adolphe, et c'est d'après eux que l'on vous juge : certainement il y a de dignes jésuites, mais votre ordre est le plus dangereux au peuple et le plus inutile à la religion. »

La figure du prêtre exprima une douleur profonde. « — Dieu, dit-il, permet cet aveuglement, nous lutterons en vain pour le détruire. »

1*

Il parut vouloir ajouter d'autres paroles, mais il se contint.

« — Je vous ai causé du chagrin et c'est à regret, reprit Adolphe; fallait-il dissimuler ma pensée? Adieu, mon père; si je n'aime pas votre ordre, je vous rends toute la justice qui vous est due, et je me recommande à vos prières. »

Adolphe sortit suivi par le jésuite, qui le ramena jusqu'à une certaine salle où le premier conducteur l'attendait; celui-ci l'accompagna à la porte de la rue comme s'il eût eu une mission expresse de tenir un compte exact de tous ceux qui entraient et sortaient de cette maison mystérieuse.

Dès que le vicomte fut seul, une foule de réflexions l'assaillirent. Il se demanda d'abord quel était le traître, si le jésuite ne l'était pas. A cette question, le nom du colonel arriva presque sur ses lèvres, et il sentit que peut-être c'était de celui-là qu'il fallait se méfier. Néanmoins, et par une disposition particulière à son esprit dans ce moment, il prit la résolution de se con-

tenir, de ne pas se laisser aller à de nou-
veaux mouvemens de vivacité permise ou
imprudente ; il alla même jusqu'à chercher
des excuses à Mongervel. Adolphe sentait
que, dans l'occurrence présente, il ne devait
rien faire de ce qui pourrait augmenter les
inquiétudes de sa famille, et diminuer les
chances favorables au bonheur de Thérèse ;
il sentait toutes les suites d'une explication
orageuse ; elle compromettrait ses intérêts
les plus chers. Il se promit donc de garder
le silence, de se contenir tant qu'il lui serait possible, et, s'il obtenait la preuve manifeste de la perfidie de son ami, de n'éclater qu'à la dernière nécessité. Certes il fallait que son amour fût bien fort pour lui
commander une telle prudence.

CHAPITRE II.

LE CONSEIL DE FAMILLE.

> « Dans le conseil que l'orgueil
> nous donne, on écoute rarement la
> voix de la justice ou de l'amour. »
> *Elvire*, drame inédit.

Deux ou trois jours s'écoulèrent ainsi sans amener aucun changement notable dans la position réciproque des personnages que je mets en scène. Amédée évita une rencontre avec Mongervel, qui, de son côté, ne se mit guère en quête pour arriver à lui; mais en revanche il vit deux fois la marquise, et cela, à des heures où le vicomte était retenu au château par son service. La vieille dame depuis ce moment ne se cacha plus pour laisser éclater sa mauvaise humeur; on reconnaissait qu'elle éprouvait une contrariété violente; car, à cet âge, la moindre peine se revêt de toutes les apparences d'un vif chagrin. La vieillesse, plus elle approche de la décrépitude, plus elle redevient semblable à l'enfance; elle en reprend les emportemens, les caprices, l'irritation; peu de chose l'échauffe; mais aussi les grandes peines morales, les catastrophes affreuses ne l'affectent que médiocrement: elle use sa chaleur factice à tout ce qui ne devrait que peu la blesser; si bien qu'il ne lui reste plus de sensibilité véritable là où il faudrait en avoir.

La marquise ne dévorait pas en silence ce qui la tourmentait: l'avarice et l'orgueil sont les deux passions qui s'éteignent les dernières dans le cœur de l'homme. Le sien ne contenait aucune parcelle de la pre-

mière, mais la seconde y régnait souverai-
nement. L'idée d'avoir une petite-fille sortie de la dernière classe de la société lui
était insupportable, et elle aurait voulu ne
supporter le malheur qu'après s'être mis en
mesure de le conjurer de toutes manières.
Elle avait employé déjà une grande partie
de sa force ; elle gardait ses meilleurs
moyens pour le dernier moment.

Un jour elle appela dans sa chambre sa
belle-fille et le comte de Nertal, et là elle
apprit à l'un et à l'autre le coup fatal dont
leur maison était menacée. Ce fut une révélation bien douloureuse pour la comtesse,
qui se trouva frappée à la fois dans ses affections de tante, de sœur et de mère ; il ne
lui fut pas possible de retenir ses larmes,
et dans le premier instant elle s'abandonna
à un juste désespoir.

« — Ma mère, dit alors le comte, vous
auriez pu me choisir pour votre premier
confident, et par là aurions - nous évité
peut-être à ma femme cette douleur... »

« — Si elle souffre, mon chagrin est-il

moins amer ? répliqua la marquise ; il me semble que tous ménagemens sont inutiles dans des circonstances pareilles ; au demeurant, je ne suis pas accoutumée à être blâmée par vous. »

« — Monsieur, dit la comtesse à son mari, votre mère a raison, et si je me plains, c'est d'avoir ignoré trop long-temps cette folie : instruite plus tôt, j'aurais épargné à ma nièce la honte d'un refus et le danger d'une fréquentation trop intime avec mon fils ; mais je puis agir encore, et, puisque le mariage déplaît tant à Adolphe, arranger les choses de manière à ce qu'il n'en soit plus question. »

« — Voilà, ma fille, répondit la vieille dame, ce que certainement aucun de nous ne voudra : rompre ce projet d'alliance ! y songez-vous ? Est-ce par votre propre main que serait ruinée notre maison ? La folie d'Adolphe est grande, mais elle n'aura pas de suite ; il reviendra à lui lorsque de prudens conseils auront ouvert ses yeux, lorsque surtout on sera parvenu à éloigner la créature dont la présence trouble si complétement sa raison. »

« — Espérez-vous, ma mère, que cela soit possible? » demanda la comtesse avec anxiété.

« — Si je l'espère ! dites que je le crois, que j'en ai la pleine assurance: pouvons-nous supposer la possibilité d'un déshonneur qui nous couvrirait d'une honte éternelle? Soyez tranquille, Comtesse, l'obstacle qui s'oppose au dessein de deux nobles famille disparaîtra devant nos efforts réunis. Je présume, mon fils, que vous joindrez vos moyens aux nôtres. Votre tranquillité présente me surprend, à moins toutefois quelle ne prenne sa source dans une connaissance plus approfondie de l'affaire, et dans votre confiance aux mesures que vous avez déjà prises pour la déjouer. »

« — Il est vrai, répliqua le comte, que depuis quelque temps une main officieuse et cachée m'a procuré des lumières funestes ; je savais une partie du mal sans le connaître dans toute son étendue ; si on se

m'expliqué plus clairement, si on fût venu
me trouver avec franchise, me donner des
preuves irrécusables, alors j'aurais agi ; mais
d'après un écrit anonyme pouvais-je tourmenter Adolphe ? j'aurais rougi d'être le
complice d'une voie aussi lâche et aussi dé-
tournée. »

« — C'est parce que l'on connaît votre
manière de voir les choses, dit la marquise,
qu'on a craint de venir à vous : vos usages,
mon fils, diffèrent de ceux du grand monde;
il y a dans vos vertus une inflexibilité souvent nuisible, et, dans le cas présent, vous
êtes celui sur lequel je fais le moins de
fond. »

« — Voilà, ma mère, un reproche singulier et que je ne mérite pas, à moins qu'il
n'y ait deux routes également appelées le
chemin de l'honneur. Je n'en connais, moi,
qu'une seule, et jusqu'à cette heure nul ne
peut dire que je m'en sois écarté. »

« — Non ! mais on viendra à vous reprocher peut-être que vous vous y tenez trop
raide. Ce point n'est pas à traiter; il nous

IV.   2

écarterait d'ailleurs de la thèse principale;
voulez-vous que votre fils épouse ou n'é-
pouse pas sa cousine? »

« — Il y a long-temps que vous savez
ma façon de penser sur ce point, » répliqua
le comte avec un triste sourire.

« — Eh bien, joignez-vous à nous tous
pour retirer votre fils du bourbier dans lequel il s'enfonce; parlez-lui comme son
ami, et, s'il vous résiste, armez-vous de tout
votre pouvoir de père. »

« — Les charges de ce beau titre sont
bien nombreuses, Madame, et toutes ne
peuvent être remplies convenablement selon la volonté du monde. »

« — O mon fils! je ne veux pas de
mots à double entente; vous aurons-nous
pour auxiliaire où pour ennemi? C'est une
réponse précise que je vous demande. »

« — Je ferai, ma mère, tout ce qui sera
humainement en mon pouvoir de faire,
pour qu'Adolphe se marie à sa cousine, à
la femme de notre choix. »

« — Voilà parler à merveille, nous

nous entendons maintenant, mon fils. »

La comtesse prenant à son tour la parole, conjura instamment son mari de ne pas faiblir là où il était si important de demeurer ferme. M. de Nertal, par un seul regard, lui reprocha sa prière, et elle sentit qu'elle avait outrepassé son devoir. Sur ces entrefaites le père Poulvant entra dans la chambre ; il reconnut que quelque chose de solennel se traitait entre la famille, et il fit mine sur-le-champ de vouloir se retirer.

« — Non, mon père, dit la marquise, votre présence ne peut que nous être utile, vous ne nous refuserez pas vos sages conseils ; notre maison est sur son déclin, un grand malheur la frappe et peut la frapper plus encore : mon petit-fils, par une conduite indigne de son rang, affiche une inclination désordonnée pour une malheureuse fille... »

« — Je le sais, Madame, je le sais, repartit le jésuite, et j'ai déjà gémi sur son erreur. »

« — Vous le savez, Monsieur ! dit la

comtesse, pourquoi ne pas nous l'apprendre ? »

« — Je ne l'ai pas cru nécessaire, le vicomte Adolphe étant dans l'intention de vous en parler. »

« — Vous l'aurait-il dit ? »

« — Oui, Madame, c'est de lui que je sais les détails de cet amour déplorable, et qui vous occasionera de nombreux chagrins. »

« — C'est une triste prophétie, mon père, répondit la marquise avec émotion ; au reste, ceci me tourmente moins depuis que vous m'avez appris qu'Adolphe a fait de vous son confident. »

« — Quand il est venu à moi, Madame, ce n'était pas avec l'intention de me consulter : il me croyait coupable, il voulait se plaindre ; il m'a trouvé innocent, et alors il m'a tout dit. »

« — Dieu en soit béni ! s'écria la marquise ; vous aurez combattu son extravagance. »

« — Je la lui ai reprochée sans doute, répliqua le jésuite en équivoquant, il n'a paru céder à aucune des observations que l'on avait pu lui faire. »

« —J'espère, reprit la comtesse, que nous viendrons à bout de le vaincre : Adolphe nous aime trop pour nous frapper au cœur si cruellement. »

« — Comte, dit la marquise, envoyez savoir si ce jeune homme est chez lui. »

« —Voulez-vous le voir à l'heure même? »

« —Oui, mon fils ; pourquoi reculer une explication inévitable? il vaut mieux savoir à quoi s'en tenir. »

« — Votre volonté soit faite, ma mère, dit à son tour M. de Nertal : puisse ce cher enfant obéir à la nôtre, s'il le peut sans faillir à l'honneur ! »

Ces derniers mots furent prononcés à voix basse ; ils auraient trop fait de mal à la marquise et à la comtesse si elles les eussent entendus. M. de Nertal fut dans la salle d'attente donner l'ordre à un valet de chambre d'aller chercher le vicomte Adolphe ; pendant ce temps sa femme disait à à la marquise : « —Je ne sais si j'aurai la

force de combattre avec ce cher enfant :
moi qui l'aimais tant ! me donnera-t-il une
telle douleur ? Sa conduite est vraiment in-
concevable.»

La marquise ne répondit pas ; elle était
ensevelie dans ses pensées : elle préparait
son attaque sans pouvoir supposer la possibilité d'une résistance. Le comte rentra ;
il fut à madame de Nertal, lui prit les
mains : «— Contenez-vous, ma chère amie ;
croyez-moi, réservez-vous le rôle de mé-
diatrice. Ma mère, dit-il ensuite, rappe-
lez-vous que l'on réussit en unissant la
douceur à la fermeté. »

La vieille dame lui jeta un regard dédai-
gneux, et ne lui répondit que par un rire
amer. Elle était assise auprès de la cheminée, à laquelle elle tournait le dos ; sa
belle-fille s'assit à sa droite ; à sa gauche
était le fauteuil du comte, que celui-ci n'occupait pas : il demeurait debout, et le jésuite, placé derrière la marquise, semblait
être là pour lui donner des avis, activer
son zèle ou le retenir, selon le besoin.

Adolphe, en entrant, reconnut quelque chose de solennel dans ces dispositions inusitées : la vue du père Poulvant lui fit croire que celui-ci s'était hâté de le dénoncer à sa famille ; il ne trouvait pas dans cette conduite ce que lui avait fait espérer sa dernière conversation avec cet individu. Il ne laissa rien paraître néanmoins des sentimens qui agitaient son âme, se réservant de les mettre en jeu à mesure qu'il serait utile de le faire. Il débuta par un salut général, puis il vint à son aïeule pour lui baiser la main, selon son usage. La marquise accueillait toujours avec satisfaction cette marque de tendresse respectueuse ; elle ne fit pas de même cette fois, car, au moment où Adolphe se penchait, elle éleva la main de manière à lui faire entendre qu'elle ne voulait pas la lui céder.

« — Ces démonstrations extérieures sont inutiles, dit-elle ; je ne leur accorde du prix que lorsqu'elles partent du cœur. »

« — Et pourquoi voulez-vous, ma bonne maman, répondit le jeune homme, que

mon cœur demeure muet devant vous ?
Je n'ai pas cessé de vous aimer, et votre
doute me blesse. »

« — Si vous m'aimez, mon enfant, dit
la dame avec moins d'aigreur, votre manière de me le prouver est singulière.
Dois-je vous prendre au mot lorsque vos
actions sont si extraordinaires ? »

« — Je conviens, reprit Adolphe d'un
ton peiné, qu'elles sortent des règles usi-
tées, et que mes bons parens ont le droit
de s'en fâcher ; je sens combien ils doivent
voir avec regret ma conduite ; et cependant j'ai plus de droits à leur indulgence
qu'à leur haine. »

« — Vous avouez donc, cruel Adolphe,
dit la comtesse en versant des larmes, que
vous faites tout ce qu'il faut pour nous
désoler ? »

« — Je ne fais rien volontairement,
ma mère ; je suis sous le poids d'une destinée fatale qui me rend le plus infortuné
des hommes, puisque je vous chagrine et
que je perds votre amitié. »

« — Oui, vous la perdrez certainement, reprit la comtesse, si vous ne venez pas à résipiscence, si vous ne renoncez pas à cette..... Non, en vérité, je ne pourrai jamais prononcer..... Mon fils, vous me rendez bien malheureuse. »

« — Ma mère, mon excellente mère, est-ce que moi aussi je ne souffre pas? Votre image et vos regrets ne me poursuivaient-ils pas à l'avance? Ne savais-je pas tout ce que vous me diriez, tout ce que vous éprouveriez? Et pourtant ai-je pu me commander? Ne m'a-t-il pas fallu céder à la force invincible de la puissance qui s'est développée en moi?

« — Vous avez cédé, Adolphe, dit le comte; et quels combats avez-vous livrés? Donnez-nous la preuve que vous ayez fait tout ce qui a dépendu de vous pour vaincre une passion qui vous rabaisse aux yeux du monde. Êtes-vous rentré en vous-même? avez-vous cherché des distractions au milieu de la société? avez-vous pris la fuite ou imploré le secours de l'absence? Non,

vous êtes demeuré tranquille à Paris,
ajoutant à l'entraînement de l'amour le
pouvoir non moins grand de l'habitude:
et vous dites avoir lutté! Cela n'est pas; il
n'y a eu en vous qu'inertie et faiblesse. »

Adolphe ne répondit pas au propos de
son père dont il sentait la solidité : un
instant de silence s'ensuivit; il fut rompu
par la marquise.

« — Vous ne vous êtes pas non plus occupé, mon enfant, du tort que vous feriez
à votre famille et à vous-même ; vous n'aurez pas songé au désespoir de votre mère,
aux justes reproches que son frère lui
adressera, à la position difficile dans laquelle vous placez votre cousine : tout
Paris sait votre mariage avec elle; son père
en a reçu les complimens, et a obtenu de
Sa Majesté l'avantage de vous transmettre
sa pairie; votre père, chaque fois qu'on
lui a parlé de cette alliance, ne l'a point
niée; il a même déclaré la joie qu'il en
ressentait; vous êtes reconnu universellement en qualité de mari de votre cousine,

et aujourd'hui vous rompriez cet hymen sous le prétexte le plus frivole !...... »

« — Un prétexte frivole ! s'écria Adolphe ; appelez-vous ainsi une fille sage séduite à l'aide d'un faux nom et d'une profession fausse, un enfant qui est né de cette union, illégitime aux yeux de la loi, sans doute, mais consacré en face de Dieu et sur mon honneur par une promesse solennelle. »

« — En vérité, répliqua la marquise, vous me faites pitié. Épouse-t-on toutes ces créatures ? Un enfant en est survenu ; eh bien ! on prendra soin de lui : il aura deux cent mille francs que je lui donne en apanage, et dont sa mère jouira en partie. Voici de quoi terminer magnifiquement la contestation. »

« — En effet, Adolphe, poursuivit la comtesse, ma mère vous offre des facilités pour sortir d'embarras. »

« — Oui, vous avez raison, reprit Adolphe ; ceci accommoderait tout si l'orpheline n'était pas honnête, et si mon amour était inférieur à ma probité. Par malheur, ces deux sentimens se soutiennent l'un par l'autre; j'ai fait un serment, je le tiendrai. »

« — Vous avez pris là un engagement bien déplorable, mon fils, » dit le comte.

« — Me conseilleriez-vous d'y manquer ? » demanda Adolphe.

« — Ne m'interrogez pas, Monsieur, répliqua le comte, non sans émotion ; est-ce un piége que vous me tendriez ? »

« — Dieu me préserve, mon père, de vous manquer de respect ! Recevez, je vous en conjure, mes excuses si je vous ai offensé. »

« — Pourquoi n'êtes-vous pas en tout fils excellent ! répondit M. de Nertal ; il y a en vous des contrastes qui nous désespèrent. »

« — Adolphe, dit la comtesse, vous exposerez-vous à la colère de mon frère et aux pleurs d'Honorie ? Priverez-vous Régine d'une sœur charmante qui devait s'unir à elle pour la vie ? Et Régine, lui donnerez-vous pour compagne une femme qu'elle ne pourra pas voir, et dont la conduite impudique.....? »

« — Arrêtez! Madame, s'écria Adolphe en tressaillant; je ne souffrirai pas que devant moi on outrage ma femme légitime. »

« — Votre femme! » dit la comtesse en sanglotant.

« — Sa femme! » s'écria la marquise avec l'accent de la stupéfaction.

« — Oui, elle le sera, parce que je lui ai engagé ma promesse. Elle est pauvre, elle est simple, elle est sans rang et sans famille; mais elle possède en revanche toutes les qualités dont la présence sera constatée le jour où elles lui ouvriront les portes du ciel. »

« — Et c'est un de mes descendans, un Nertal, qui tient devant moi cet affreux langage! dit la marquise en fermant les yeux et en frappant avec rage sur son fauteuil. En vérité! j'ai trop vécu; je devais mourir de la main des bourreaux de la révolution ; j'aurais épargné ce supplice à mon petit-fils. »

« — Ah ! ma mère, dit le comte de Nertal en venant à elle, la douleur vous égare. »

« — Non, mon fils, elle ne m'égare point ; je dis ce que je pense, j'exprime ce que j'éprouve. Une mésalliance avec une fille de cette sorte me paraît pire qu'un échafaud dressé. Il ne sait pas, cet insensé jeune homme, tout ce que la pureté du sang nous commande de renonciations et de sacrifices ; il n'a jamais appris à quelles conditions on se maintenait dans la noblesse ; il ignore que c'est une dignité dont les charges sont immenses : vous avez trop négligé de les lui expliquer. »

« — Madame, répliqua le vicomte, n'adressez à ce sujet aucun reproche à mon respectable père. J'aurais été, ses leçons à part, un excellent gentilhomme, si je me fusse guidé d'après ses seuls exemples ; mais, grâce à Dieu, il ne s'en est pas tenu là; il m'a inculqué des maximes admirables dont je ne me départirai jamais; elles sont toutes renfermées dans une seule : il n'y a pas de noblesse où la vertu ne se trouve point, et la vertu a-t-elle des règles incertaines ? Non, sans doute ; les siennes sont fixes, sont invariables, et malheur à qui s'en écarterait ! »

« — Mon père, dit la marquise au jésuite, n'exorciserez-vous pas ce démon qui nous parle ? son délire ne vous inspire-t-il aucune horreur ? »

Le prêtre garda le silence.

« — Monsieur, dit Adolphe, qui à cette heure se rappelant le passé, ne fut pas fâché de mettre le jésuite en contradiction avec lui-même, donnez-nous votre avis, puisque l'on vous le demande. »

« — Oui, donnez-le-nous, » ajouta la marquise d'un air triomphant.

« — Dois-je me mêler des querelles de famille ? Je ne veux jouer ici d'autre rôle que celui de conciliateur. »

« — Faites attention, Monsieur, riposta
Adolphe, que, dans cette circonstance,
vous cherchez trop un faux-fuyant. Voulez-
vous fournir un nouvel argument à ceux
qui attaquent la franchise de votre ordre?»

« — Est-ce vous qui m'adressez ce reproche? dit le père Poulvant; vous êtes
bien peu généreux, vicomte de Nertal. »

« — Dois-je l'être quand vous avez abusé
de ma confiance? »

« — Mon enfant, voici la seconde fois
que vous êtes injuste à mon égard; je vous
trouve bien cruel envers vos proches; si
cependant on m'y force, je parlerai. »

« — Il y a une heure que je vous en
supplie, dit la marquise avec impatience;
les paroles d'un homme tel que vous auront un grand poids, même sur cette folle
tête. »

« — Vous vous souviendrez, Madame,
répliqua le jésuite avec un chagrin visible,
que vous me forcez dans mon dernier re-
tranchement; mais il est des cas où le prêtre

doit négliger toutes considérations humaines et se retirer dans la grandeur de son caractère. Je crois que votre fils ne peut pas, en conscience, se dispenser d'épouser cette pauvre fille, puisqu'il le lui a promis, puisqu'un enfant en est né, à moins toutefois qu'elle-même ne le dégage de son serment. »

Cette décision solennelle, prononcée d'une voix tranquille, mais ferme, anéantit à tel point la marquise, qu'elle demeura immobile et comme si elle avait perdu l'usage de ses sens. La comtesse, poussant un soupir, joignit ses mains en signe de désespoir, et une pâleur mortelle couvrit le visage de M. de Nertal. Adolphe, peiné de son triomphe, qu'un regard du jésuite lui reprocha, fit une humble salutation à sa famille, et sortit de la chambre de sa grand'mère sans que nul des acteurs de cette scène songeât à le retenir.

« — Qu'avez-vous fait? mon père, » dit enfin la marquise avec colère.

2*

« — Mon devoir, Madame, mon devoir pénible à remplir, répliqua l'abbé Poulvant. Je vous avais prévenue sur le danger qu'il y aurait à m'interroger ; vous avez persisté ; j'ai dû obéir à l'Évangile, et je l'ai fait. D'ailleurs votre fils connaissait déjà ma décision. »

« — Voilà pourquoi il était si fort contre nous, répliqua la comtesse en essayant de cacher ses pleurs. Quoi ! mon père, ce mariage si déshonorant est-il absolument indispensable ? »

« — Pour votre fils, oui, Madame, car il est engagé. »

« — Il n'a pas l'âge où il peut être libre d'agir selon la loi, » répondit la marquise.

« — Il l'a, cet âge, Madame, aux yeux de l'Église, et d'ailleurs il est émancipé de fait. Cependant, je vous le répète, obtenez le désistement de la fille ; si elle consent à se retirer, alors votre fils redeviendra libre : cette voie vous est ouverte, hâtez-vous de la franchir. »

On ne répondit pas : chacun réfléchissait. La comtesse éprouvait des angoisses particulières ; elle était frappée dans toutes ses affections de famille ; le coupable et les offensés lui étaient chers ; elle ne pouvait renoncer à la pensée qu'Honorie serait sa seconde fille, et le courroux de son frère la tourmentait également. La marquise semblait soutenir un combat avec elle-même : sa figure, ordinairement si pâle, était couverte d'une vive rougeur ; un feu sombre étincelait dans ses yeux à demi éteints ; elle prononçait des paroles dont les sons ne parvenaient pas à l'oreille des auditeurs ; ceux-ci néanmoins pouvaient deviner qu'elle se préparait à une résolution extraordinaire ; tandis que le comte de Nertal, debout toujours et appuyé sur son fauteuil, restait inattentif à force que les réflexions assiégeaient sa pensée.

La marquise rompit enfin ce silence effrayant : « — Mon fils, dit-elle, envoyez dire à Adolphe que je lui demande, au nom de l'ancienne tendresse qu'il eut pour moi, de venir à quatre heures ce soir me retrouver encore ; ce sera sa dernière entrevue avec moi, et quel qu'en soit le résultat, je ne le tourmenterai plus de mes reproches. »

Le ton solennel que prit la vieille dame en prononçant ces paroles inspira une vive inquiétude à ceux qui étaient là, en même temps qu'ils virent avec non moins d'appréhension combien son visage était altéré.

« — Vous n'êtes pas bien, ma mère, dit le comte, vous avez besoin de repos, et non de vous livrer à de nouvelles agitations. Remettez à demain, à un autre jour un entretien qui peut vous être préjudiciable. »

« — Il me le serait encore plus, mon fils, de demeurer dans cette incertitude ; je ne la supporterais qu'avec trop de chagrin. Je vous le répète, engagez ou faites engager Adolphe à venir me trouver à l'heure indiquée. Il convient que seule je prenne ma défense, puisque je suis abandonnéé de ceux qui auraient dû combattre pour moi. »

CHAPITRE III.

LE PÉNIBLE AVEU.

Sequitur superbos ultor a tergo Deus.
SÉNÈQUE, *Hercule furieux*, acte II, sc. 3.
« Un dieu vengeur s'attache aux pas de l'orgueil. »

ADOLPHE en rentrant dans sa chambre
y resta pendant plusieurs minutes, comme
si, accablé par la fatigue d'un long voyage,
il était sous l'effet d'une lassitude corpo-
relle; son âme avait cruellement souffert
des assauts sans résultats qu'elle venait de
soutenir. Il se jeta sur un canapé, ferma

les yeux, et se tint immobile sans pouvoir
classer ses idées, à tel nombre elles se présentaient en foule dans sa pensée. Il n'avait
pas changé de position lorsque Joseph, son
domestique favori, entra ; il lui fit part du
désir de la marquise. Un mouvement d'impatience fut la seule réponse du vicomte ;
il se douta que son aïeule espérait le faire
changer par quelque prière nouvelle, ou
par des instances qu'il voulait éviter en
refusant d'accepter l'entrevue demandée ;
mais cependant cette longue habitude de
respect établie en lui dès son enfance ne lui
permit pas, en résultat, de désobéir. Plusieurs
heures devaient s'écouler avant celle du
rendez-vous ; il se hâta de sortir, espérant
trouver dans la dissipation extérieure cette
distraction dont il avait besoin, et qu'il ne
rencontrait pas chez lui.

Ses pas le conduisirent vers le lieu cher
à son cœur ; il ne put se résoudre à se pri-
ver de la vue de cette jeune fille pour laquelle il se mettait en opposition avec ses
proches, et dont la présence lui était néces-

saire pour lui donner des forces qui ne tar-
deraient pas à lui être utiles. Thérèse n'é-
tait pas seule ; Adolphe arriva chez elle au
moment où elle était dans toutes les joies
de l'enivrement maternel. Son fils venu,
porté par sa nourrice, reposait sur ses genoux ; elle le contemplait avec une tendresse délirante, elle ne pouvait jamais assez
se rassasier du bonheur de le voir.

« — O Jean-Baptiste ! dit-elle sans
quitter sa place, quand elle vit son amant,
vois comme il est beau et comme il est aimable; il a tes yeux, il a ta bouche, il aura
toutes tes vertus : que je suis heureuse avec
lui, et combien ta présence ajoute à mon
contentement !»

A la suite de ce début elle raconta les
prodiges d'intelligence d'un être qui venait
à peine de naître, et Adolphe, non moins
père qu'elle était mère, crut de tout point
ce qu'elle lui répéta. Le tableau charmant
que formaient Thérèse et le jeune Cyprien
porta un courage plus ardent dans son
cœur : il se retrempa aux baisers de ces

deux personnes qui lui étaient si chères;
et pressant sur son sein Thérèse et son fils,
il se maintint dans la résolution de ne les
abandonner ni l'un ni l'autre, et de tout
braver dans leurs intérêts.

Ce fut avec ces dispositions qu'il s'ache-
mina plus tard vers l'hôtel de Nertal; elles
remplissaient tellement toutes ses facultés
intellectuelles qu'il ne ressentit presque aucune crainte au moment où il mit le pied dans
l'appartement de son aïeule; il eut moins
d'énergie néanmoins quand il se trouva
vis-à-vis d'elle, et que d'un regard il eut
pu lire toute l'agitation de ses traits. Elle
était seule, ainsi qu'elle l'avait annoncé; sa
physionomie, plus pâle qu'à l'ordinaire,
possédait aussi une plus forte teinte de solennité. Elle était grave, mélancolique, et
parfois la contraction involontaire des mus-
cles annonçait que sous cette frêle enveloppe il y avait une âme livrée à de bien
pénibles souffrances. Adolphe, frappé de ce
qu'il remarquait, salua son aïeule et ne
put prendre sur lui de commencer la con-

IV.   3

versation même par la question si naturelle,
et qui tendrait à lui faire savoir par la réponse nécessaire pourquoi il était appelé
dans ce lieu. La marquise, de son côté, garda
d'abord le silence; elle semblait souffrir
plus vivement à chaque seconde qui s'écou-
lait. Ses lèvres devenaient bleues, et de
temps à autre le sang refluant sur ses joues,
les colorait rapidement, et disparaissait
de même. Enfin la marquise, ayant lancé
un regard mélangé de désespoir, de colère
et de confusion, prit la parole :

« — Il y a dans la France, dit-elle, une
femme bien malheureuse, et dont il faut,
mon fils, que je vous conte l'histoire. Elle
avait dix-huit ans lorsqu'elle se trouvait à
deux cents lieues de Paris, dans une des
terres de sa famille avec sa mère. Elle n'é-
tait pas mariée, et on ne songeait point à
l'établir; les partis cependant ce présentaient en foule, car sa fortune et la noblesse de sa race lui laissaient la liberté de
choisir un époux parmi les premières
maisons du royaume. Ce choix ne lui sem-

blait pas aisé; elle connaissait toutes les
obligations d'une haute naissance, et elle
était décidée à les remplir. Son père combattait en ce moment, et s'élevait par sa
bravoure aux grades militaires les plus
éminens.

»Plus d'une fois déjà, dans le nombre des
aspirans à sa main, ses yeux et peut-être
son cœur avaient remarqué des cavaliers
aimables qui auraient fait son bonheur;
mais ils ne possédaient pas dans leurs familles ces illustrations nécessaires à maintenir la sienne dans cette place glorieuse
où elle s'était perpétuée pendant plusieurs
siècles. Oui, plus d'une fois elle imposa
silence aux douces affections que des vertus, que des qualités précieuses faisaient
naître, parce qu'elle ne voulait pas déroger;
elle savait, cette infortunée, ce que l'on doit
à son sang, et la pureté où il fallait le
maintenir. Ne croyez pas que ce fussent là
des préjugés absurdes : ce sont eux qui
maintiennent l'honneur, la considération

et le respect imprimé au vulgaire pour tout ce qui s'éloigne de lui.

» Un soir dans l'hiver, et tandis que la neige tombait à gros flocons, le capitaine du château, qui remplissait les fonctions de l'ancien sénéchal, vint prévenir la comtesse, mère de cette jeune personne, qu'un grand seigneur espagnol, le duc de Nugnez, appartenant à la maison illustre de Medina-Celi, demandait l'hospitalité, la nuit et le mauvais temps l'ayant surpris presque devant la porte de cette noble demeure. Le nom de cet hidalgo était trop connu pour que sa demande ne fût pas accueillie convenablement ; la comtesse donna des ordres en conséquence, et avec Adelaïde, sa fille, elle attendit dans le salon la venue de l'illustre étranger.

» Adelaïde, comme toutes les jeunes filles, aimait à se jeter dans le champ des conjectures ; elle prit plaisir à se figurer le duc de Nugnez sous les traits d'un beau vieillard, chevalier antique de la cour de Philippe V, et qui, sans doute, avait combattu glorieusement pour la cause de ce premier roi d'Espagne sorti de la royale maison de France. Elle se disposa à le traiter en conséquence, et ce fut avec impatience qu'elle attendit le moment de le voir. Le duc parut bientôt après; plusieurs valets l'escortaient, tenant à la main les flambeaux de poing avec lesquels ils avaient été au-devant de lui pour lui faciliter l'approche de cette demeure hospitalière; le capitaine du château le précédait, et le premier valet de chambre l'annonça.

» Combien fut grande la surprise d'Adélaïde, lorsque le majestueux vieillard de son rêve se changea en un superbe jeune homme à la haute taille, à la mine fière, à la figure gracieuse, ornée de deux yeux étincelans, d'une bouche charmante par son expression et par sa forme, et qu'accompagnaient des cheveux noirs naturellement bouclés! Le duc se présenta avec des manières si distinguées, qu'elles relevaient encore ses avantages extérieurs. Il salua avec non moins de grâce, et son compli-

ment de début donna la portée de son esprit supérieur.

» Adélaïde confondue l'était d'autant plus
que l'apparition de cette charmante figure
détruisait le portrait idéal qu'elle s'était
empressée de dessiner à l'avance, et, malgré elle, ne pouvait s'empêcher de jeter
un regard, commandé peut-être par son
cœur, sur ce jeune étranger. La comtesse et
elle firent au duc de Nugnez l'accueil qu'il
méritait. Il conta à ces dames le détail de
son voyage : il allait à Paris, et il se voyait
arrêté dans sa course ; car les guides venaient de le prévenir que le mauvais temps
ne lui permettrait pas de se remettre de
sitôt en route ; il espérait pourtant qu'il
pourrait gagner la ville voisine, où il at-
tendrait le retour de la belle saison.

» — Je ne souffrirai point, monsieur le
Duc, lui dit la mère d'Adélaïde, que vous
fassiez à ma demeure l'affront de l'abandonner après y être venu chercher un
asile. Nous ne sommes pas seules dans le
château : quelques amis, de bons voisins,

nous y tiennent compagnie : eux et nous tâcherons de vous faire supporter avec patience le retard que la neige apportera à vos projets. »

» Le duc dans sa réponse montra tant de galante courtoisie, qu'il enchanta ceux rassemblés dans le salon. La comtesse le fit conduire dans l'appartement qu'on lui destinait, et, pendant son absence, on ne cessa de s'entretenir de lui. Adélaïde gardait le silence; elle n'osait plus parler d'un gentilhomme dont le seul aspect avait porté le trouble dans son cœur. Muette donc, et retirée dans un coin de la salle, elle s'indignait de sa faiblesse qu'elle se flattait de dissimuler à tous les yeux et principalement à ceux du personnage qui en était la cause.

» Le duc revint paré avec une élégance extrême; il portait ce costume espagnol si riche, si gracieux; sa toque de velours noir, entourée d'un cercle de diamans, était garnie de plusieurs plumes blanches. Le reste de son vêtement annonçait aussi sa

richesse et son bon goût ; mais combien
plus encore il relevait par lui-même la
somptuosité de sa parure ! que ses yeux
étaient vifs ! et qu'il savait leur donner de
l'expression ! Le duc, pendant cette soirée, montra tant d'esprit, tant d'amabilité,
un usage si parfait du monde et de la bonne
compagnie, que pas un dedans le château
jugea qu'il serait embarrassé à la cour de
France.

» Vous n'avez pu connaître, Adolphe,
la vie que l'on menait, il y a près de trois
quarts de siècle, dans les provinces, et
surtout dans ces demeures, reste de la féo-
dalité. On était là plus heureux et plus
libre de tous ses mouvemens qu'à Paris ;
chacun possédait sa chambre particulière,
où il recevait dans la matinée ceux qu'il
voulait voir ; on se réunissait dans le salon
avant le dîner, qui était servi à midi au plus
tard ; on jouait ensuite quand les frimas
couvraient la campagne, et on attendait,
les femmes en travaillant à des ouvrages
de tapisserie, les hommes en lisant ou en

s'occupant d'une autre manière, l'heure
du souper fixée à sept du soir. Si le
jour était beau on allait se promener dans
les bois immenses qui environnaient le château; on prenait le divertissement de la
chasse, celui de la pêche, et parfois on
jouait enfin la comédie. Je vous assure que
les journées s'écoulaient aussi rapidement
pour vos aïeules que pour vous, et que
notre existence n'était pas non plus sans
plaisirs et sans douces émotions.

» Comme chacun, ainsi que je vous l'ai
dit, allait au hasard et selon sa volonté, le
duc de Nugnez, qu'on nommait Alphonse,
ne tarda pas à chercher les occasions de se
rapprocher d'Adélaïde; il éprouvait pour
elle un attachement inspiré par sa beauté
que l'on disait remarquable. Il employa
toutes les ressources de son esprit pour
plaire, et il ne parvint que trop facilement
à son but. Adélaïde trouvait dans ce jeune
étranger tout ce qui pouvait convenir à sa
famille et à elle: c'était un homme sorti du
sang le plus illustre de l'Espagne; il était

bien élevé, spirituel; il paraissait généreux
et brave, et ses qualités physiques rehaus-
saient merveilleusement ses autres avantages; aussi, loin de lui disputer son cœur,
elle eut la faiblesse de le lui livrer avec
une imprudence que son ignorance seule
pouvait excuser.

» Le duc, retenu par une continuité de
mauvais temps peu ordinaire, faisait chaque jour des progrès dans les affections
d'Adélaïde; il se montrait tout à la fois le
plus impétueux des hommes, et son amour,
presque à chaque minute, croissait de vivacité, mais il ne parlait jamais de mariage, il ne songeait qu'à aimer, le dire, en
demander des preuves, et à se montrer de
plus en plus audacieux; il voulait acquérir
la certitude qu'il inspirait une flamme véritable; et, pour en être convaincu, ses
entreprises croissaient de témérité. Adélaïde avait été mal élevée, c'est-à-dire
qu'elle était élevée selon le système d'alors,
celui d'une ignorance absolue de choses

qu'il vaut mieux connaître afin d'avoir la facilité de les éviter.

» Sa mère, qui aurait dû veiller sur elle, sa mère n'y songeait pas, d'autres soins l'occupaient, et d'ailleurs, dans son propre château, elle croyait que, pour garantir sa fille de tout péril, il suffisait de sa présence. Adélaïde, étrangère à tout ce qui aurait pu la sauver, s'abandonnait, par une pente insensible, à l'amour qui devait la perdre. Une circonstance hâta son malheur : prête à tomber dans un précipice, où elle aurait trouvé la mort, elle fut arrachée à ce péril imminent par la force unie à l'adresse du duc de Nugnès, et la reconnaissance enfonça plus avant dans son cœur la flamme qui la consumait déjà.

« Bientôt les entrevues de la journée ne furent plus suffisantes pour répondre à la passion des deux amans ; ils se virent dans les ténèbres, et la nuit fut fatale à la vertu d'Adélaïde. Dès que la faute eut été consommée, elle ne tarda pas à déchirer le cœur de cette noble fille, qui conçut l'é-

tendue de son malheur. Elle eut besoin de
son courage pour ne pas montrer à tout le
château le chagrin qui la dévorait. Son
amant essayait en vain de la rendre plus
tranquille ; elle ne songeait plus à l'amour,
mais seulement au bien qu'elle avait perdu.
Cependant le duc sollicitait une dernière
conversation ; Adélaïde l'accorda parce
qu'elle la crut nécessaire, mais non pas
dans sa chambre, comme elle l'avait fait
pour celle qui lui était devenue si fatale,
ce fut dans la chapelle où reposaient ses
ancêtres qu'elle consentit à revoir son
amant. Elle voulait trouver dans la sainteté
du lieu la force de résistance que peut-être
son cœur lui aurait refusé.

» Alphonse vint exactement au rendez-
vous, et y porta sans doute le même amour
avec toutefois des traits plus sérieux et une
sorte d'inquiétude dans ses yeux et dans sa
contenance qui n'échappa point à la jeune
fille.

«—Vous savez, lui dit-elle, que nous
ne devons plus nous revoir. Que me vou-

lez-vous? que pouvez-vous attendre d'une malheureuse à laquelle vous avez ●i le plus précieux des biens ? »

« — Mademoiselle, répondit Alphonse, ne me reprochez pas mon crime; je l'apprécie dans toute son étendue, et pourtant je ne peux le regretter. Seul il m'aura servi utilement, et à lui seul sans doute je devrai le bonheur de vous posséder toujours. »

« — Vous avez raison, lui répliqua Adélaïde; maintenant je ne peux plus être qu'à vous; j'en suis même indigne, et vous le voyez, Alphonse, je n'osais vous proposer ma main. »

« — L'obtenir est néanmoins ma plus ardente envie; sans elle il manquera toujours quelque chose à mon bonheur; mais elle ne m'appartient pas encore, et qui sait, quand je me serai fait bien connaître, si vous consentirez à me la donner? »

« — Expliquez-vous, dit Adélaïde à qui ces paroles mystérieuses causèrent une terreur involontaire dont elle ne se rendait pas compte. Ne nous êtes-vous pas connu?

y a-t-il en vous quelque chose qui ne soit
pas digne de votre noble rang? »

« — Hélas! reprit Alphonse avec un re-
doublement de tristesse, comment oserai-
je vous avouer la vérité? Il le faut pourtant,
et je vous la dirai, quoique peut-être elle
doive me rendre le plus malheureux des
hommes. »

« — Etes-vous le duc de Nugnez? appar-
tenez-vous à la maison de Medina-Celi? »

« — Non, Mademoiselle : je vous ai
trompée en ce point, en ce point seulement. Ma fortune est immense, ma famille
est honorable ; mais je ne suis point noble. »

« — Grand Dieu! et qui donc êtes-
vous ? »

« — Le fils unique du premier négociant
d'Espagne. Mon père a plus de vingt mil-
lions de fortune. »

« — Ah ! vous êtes un marchand! » dit
Adélaïde avec une fureur concentrée.

« — Oui, Mademoiselle, et je n'en ai
jamais rougi que dans ce moment. Il y a
un an que je vous vis à la ville voisine ; de-

puis lors je jurai de vous consacrer ma vie.
Je connaissais votre fierté, celle de vos
proches; et pour m'introduire chez vous
facilement, je me parai d'un nom qui
ne m'appartenait point ; je voulais tâcher
d'être aimé, espérant que, si je parvenais à
l'être , les immenses richesses qui seront
mon partage pourraient alors me rapprocher de vous. J'ai eu le bonheur de vous
plaire, agréerez-vous maintenant la demande que je vais faire de votre main à vos
parens? »

» Adélaïde, en écoutant cette révélation
foudroyante, demeura long-temps immobile et hors d'état de proférer une parole.
L'amour combattait dans son cœur en faveur du bel Alphonse; cependant le juste
sentiment de ce qu'elle devait à son illustre
sang ; le mépris qu'elle éprouvait pour un
homme de rien dont l'audace l'avait pro-
fanée, l'emportèrent sur ses passions; elle
se recula d'un pas, et s'adressant au per-
fide prosterné devant elle :

«—Relevez-vous, jeune homme, lui dit-

elle, relevez-vous et partez sur-le-champ.
Ne vous attendez pas à me posséder jamais
à titre d'épouse légitime, je ne me ravale-
rai point aussi bas; ma famille aurait trop
à rougir, si elle s'alliait à la vôtre, et ce
n'est qu'à un reste de pitié que vous de-
vrez la vie; car si je n'écoutais que ma juste
colère, je demanderais à haute voix votre
mort; elle seule pourrait me rendre l'honneur. »

» Alphonse, confondu de la sévérité de
cette réponse, essaya vainement par ses
supplications et ses larmes d'attendrir sa
fière amante; il n'y parvint point; elle demeura inexorable, et force fut à lui de s'é-
loigner dès le lendemain; jamais Adélaïde
n'aurait consenti à contracter une union
qui l'aurait rabaissée. Alphonse, au moment de s'éloigner, lui écrivit pour la conjurer de changer de résolution. Il lui déclara que, se croyant son époux devant
Dieu, il ne se marierait pas qu'elle ne se fût
mariée avant lui. Il lui donna tous les ren-
seignemens nécessaires à une correspon-

dance, si Adélaïde en reconnaissait la nécessité. Sa lettre ne fit pas ce que ses paroles n'avaient pu faire ; Adélaïde demeura
inflexible ; et pourtant elle se trouva bientôt dans la nécessité de prendre sa mère
pour confidente ; car son malheur devint
complet. Vous m'entendez, mon fils. Sa
mère partagea sa manière de voir. Une alliance avec un roturier lui faisait horreur ;
elle préféra cacher dans un mystère profond la délivrance d'Adélaïde..... Voilà,
Adolphe, ce que je voulais vous communiquer, voilà l'exemple que votre aïeule
voudrait vous voir suivre ; imitez-le, mon
fils, imitez-le, et ne me contraignez pas à
vous tout révéler. »

« —Eh ! Madame, s'écria le jeune homme,
j'ai entendu avec horreur la conduite coupable de cette fille insensée. »

« — Adolphe, vous ne pouvez l'insulter
qu'en blasphémant. Tremblez, enfant malheureux, du coup de foudre que cette résistance va faire tomber sur votre tête. Cette

3*

fille insensée! dites-vous, eh bien, mon fils, c'est moi. »

« — Grand Dieu ! »

« — Vous avez voulu joindre à déshonneur celui de votre aïeule, êtes-vous satisfait maintenant ? »

L'horreur que cette révélation causa au vicomte lui fit pousser un cri terrible, et il s'élança impétueusement hors d'une chambre où il ne pouvait plus respirer.

CHAPITRE IV.

THÉRÈSE VA CHEZ LA MARQUISE.

« La jeunesse écoute trop facilement les avis
qu'on lui donne. »
RÉTIF DE LA BRETONNE.

DEPUIS cette entrevue funeste la marquise se refusa à revoir son petit-fils. Elle
ne communiqua ni au comte ni à sa bru
les motifs de sa colère contre lui, bien assurée qu'Adolphe lui-même garderait un
profond silence sur ce qui s'était passé entre

eux deux. Cette femme hautaine, et dont
l'orgueil avait dirigé toutes les actions de
sa vie, éprouvait un profond désespoir
d'avoir manqué le coup qu'elle avait porté
en vain et qu'elle croyait infaillible; mais
tout en cédant à la violence de son désespoir, elle ne renonça pas à la réussite de
l'entreprise objet de tous ses vœux. Un
mot de son confesseur était venu lui ouvrir
une voie vers laquelle son espoir se diri-
geait. Adolphe serait libre, si la jeune fille
renonçait volontairement à lui. Il y avait
donc un moyen de mettre des obstacles à
un mariage dont l'accomplissement devait
être l'époque de sa mort, et dans cette circonstance elle demanda de nouveau la
présence du colonel. Celui-ci venait tous
les jours dans l'hôtel rendre visite aux dif-
férens maîtres, et sa présence chez la marquise ne devait inspirer aucun soupçon,
même à Adolphe.

« — Monsieur, lui dit la vieille dame,
tout est perdu : votre ami persiste dans sa
folie, et cependant il ne faut à aucun prix

qu'il l'exécute. Je vous le répète, votre intérêt, non moins que le nôtre, devra vous
engager à défendre une cause qui avant
peu nous sera commune. Laissez-moi vous
parler à cœur ouvert. J'ai pour vous de l'a-
mitié, j'en ai beaucoup ; peut-être même
ne vous fais-je pas connaître toute celle que
je vous porte. Vous n'êtes point homme de
qualité, et je vous pardonne ce malheur
de votre position. Je veux faire plus en
vous associant à ma famille, en vous procurant par notre alliance toute l'illustra-
tion qu'il m'est possible de vous faire acquérir. »

« — Ah! Madame, s'écria le colonel
transporté, vous me comblez plus que je
ne le mérite. Eh! par quel prix pourrai-je
payer jamais la main de votre noble et vertueuse petite-fille ? »

« — En sauvant Adolphe de son déshonneur, en m'aidant à le tirer par force,
s'il le faut, de l'abîme dans lequel il va se
précipiter : c'est là le service qui vous ren-

dra digne de la récompense. Voyez si vous youlez la mériter. »

« — Parlez, Madame, commandez-moi tout ce qu'il vous plaira. Je vous étais déjà dévoué, je vous appartiens maintenant comme un esclave, à tel point que le prix que vous me promettez éblouit ma raison. Ce n'est pas cependant, poursuivit le colonel, qu'il ne m'eût suffi, pour me faire agir, de la seule amitié que je porte au vicomte. Je le vois se déshonorer volontairement par cette indigne alliance, et je crois que le devoir d'un ami vrai consiste à ne pas laisser dans les mains d'un insensé l'arme meurtrière dont il pourrait se servir pour se donner la mort. »

« — Mon plan est vaste, Colonel; je ne le déroulerai que successivement. Je ne vous demande à cette heure que de passer chez cette créature, afin de l'engager à venir me trouver. »

« — Vous voulez la voir? qui? vous, Madame? »

« — Oui, moi. Cela vous étonne? Cependant il me semble, Colonel, que l'on peut mieux combattre son ennemi quand il vous est connu. J'ai besoin de juger de l'étendue de ses facultés morales, afin de pouvoir calculer de quelle manière il conviendra ensuite de l'attaquer. »

« —Je vous obéirai, et vous prendrez vous-même un assez triste emploi, celui de vous débattre avec cette créature. »

« —Allez la chercher le plus tôt possible, car enfin il faut en finir avec elle. »

Le ton sinistre que mit la marquise à prononcer ces derniers mots fit naître à Mongervel d'étranges soupçons. Certes il y avait dans son âme une ambition bien vaste; mais pourtant elle n'allait pas jusques à la pensée de commettre une mauvaise action, et en lui-même il se promit, si la haine emportait trop loin la marquise, de ne pas la suivre dans toute la route qu'elle voudrait parcourir. Il sortit; mais à peine fut-il dans l'antichambre qu'une nouvelle idée le frappa. Voulant sur l'heure la mettre à exécution, il traversa les salles et les galeries qui le séparaient de l'appartement d'Adolphe; et ayant rencontré Joseph qui en sortait, il lui demanda si son maître était visible.

« —Toujours pour vous, Monsieur, » lui répliqua le domestique ; et joignant la preuve à la parole, il l'annonça sur-le-champ.

« — Voilà long-temps que nous ne nous sommes vus, dit Adolphe à son ami. Est-ce que de part et d'autre nous ne serions pas satisfaits ? »

« — Quant à moi, répondit le colonel, si je vous vois moins, c'est que je reconnais que la fortune nous a mis en fausse position réciproquement. Vous doutez de mon amitié peut-être, et l'idée que vous avez cette opinion glace la mienne. Il a fallu une femme pour nous séparer. Au reste, c'est toujours de ce sexe que partent les haines qui agitent le cœur des hommes. »

« — Je vous assure que je n'en veux pas à d'Erbeuil. »

« —Je vous entends. Grand merci de la préférence. Je sais pourquoi vous m'en voulez. Vous accusez ma franchise, et vous avez tort, et en ce moment même j'espère vous prouver que je vous suis mal connu. »

« — Je ne demande pas mieux, Mongervel, que de revenir à vous comme par le passé. Il me serait si doux de retrouver un ami ! on n'en a jamais assez pour consentir à les perdre sans regret. »

« —Savez-vous de quelle commission je viens d'être chargé par votre grand'-mère ? »

« — Par la marquise ! dit Adolphe en rougissant et en frémissant à la fois. Est-ce à moi qu'elle en veut encore? ne m'a-t-elle pas rendu assez malheureux ? »

« — Non, ce n'est pas à vous, et cependant c'est à vous. »

« —Je ne vous comprends en aucune manière. »

« — Elle veut voir Thérèse, et elle m'a prié d'aller la chercher moi-même. »

« —Que me dites-vous? »

IV.   4

« —Je n'ai pas balancé à lui obéir, mais avant j'ai voulu vous voir pour vous la faire connaître. Ma liaison avec vous tous est ce qui l'a décidée à m'employer ; et moi, sauf meilleur avis, que si votre amie et vous consentez à cette entrevue, je suis parmi ceux qui pourraient s'en mêler celui le moins désagréable aux parties réciproques, et celui qui certainement gardera sur toutes les suites de cette affaire le plus profond secret. »

« — Ceci est véritablement extraordinaire ! dit Adolphe en se promenant à pas précipités. Mon aïeule croit sans doute écraser de toute la supériorité de son rang et de son âge une fille timide et naïve, qui n'aura contre elle que son innocence et son amour. D'ailleurs c'est peut-être un piége qu'elle cherche à nous tendre : si Thérèse, à son tour exaspérée, la traitait mal, alors.... »

« — Non, votre amie respectera toujours madame la marquise ; » tandis qu'une joie maligne, qu'il déguisa en tournant la tête, provenait de l'espoir que la couturière commettrait quelque imprudence répréhensible.

« — D'une autre part, poursuivit Adolphe toujours agité, si je m'oppose à cette démarche, j'assumerai sur ma tête une funeste responsabilité. »

« — Si je vous paraissais digne de vous conseiller, mon ami, je vous dirais : Il faut courir les chances de cette entrevue ; il faut s'exposer à un péril réel pour surprendre une chance heureuse. Voyez, décidez-vous ; car, comme je ne vous prends pas en traître, si ce que je vous propose vous déplaît, hâtez-vous de prévenir Thérèse afin qu'elle me refuse : j'aurai contenté votre aïeule, et je ne vous aurai pas déplu. »

« — Oui, Mongervel, votre position est pénible, vraiment. Les conciliateurs jouent le mauvais rôle dans les affaires : ils veulent plaire à tous, et ne contentent qu'imparfaitement les parties. »

« — On ne leur rend justice que lorsque les passions soulevées sont revenues à leur état naturel. Maintenant, Adolphe, je suis ici : voyez ce que vous voulez faire, car j'ai besoin de connaître positivement votre intention. »

« — Allons donc ensemble chez cette pauvre créature : votre présence inopinée la surprendrait au dernier point ; je lui apprendrai qui vous êtes, et la mission que vous aurez à remplir. »

« — Souffrez que je n'aille pas la trouver avec vous ; prévenez-la, si cela vous convient, quoiqu'au fond la chose soit inutile. Laissez à cette jeune fille le soin de se débattre elle-même, ne lui enlevez rien de ce que la nature lui inspirera pour sa défense ; souvent on réussit moins bien lorsqu'on est prévenu. Si vous lui parlez, Adolphe, il vous sera impossible de ne pas lui faire peur de la marquise, et vous paralyserez ses moyens par la terreur que vous inspirerez à son âme ; tandis que si elle arrive devant cette

dame sans la connaître, sans la redouter,
elle n'aura aucune idée de ce caractère iras-
cible, et elle n'hésitera point à se défendre.
Je vous explique tout ceci pour que vous
pesiez le pour et le contre ; jugez en connaissance de cause et décidez-vous. »

Certainement, et quoique ce conseil ne
fût pas donné à bonne intention, il était
néanmoins avantageux à suivre. On fait un
autre cœur et un autre caractère de ceux
dont on a cherché à diriger les mouvemens ; le naturel qui a tant de prix et tant
de force disparaît, pour faire place à l'affectation et à l'art aussitôt qu'on ne nous livre
plus à nos inspirations. Adolphe le sentait
comme je l'exprime, et pourtant il y avait
en lui quelque chose qui l'avertissait de se
défier du colonel ; il repoussa cet éclair qui
l'aurait sauvé peut-être, et il donna le consentement tel qu'il lui était demandé.

Mongervel lâcha sous une apparente
indifférence sa satisfaction. « — Vous suivez le meilleur chemin, » dit-il à son ami.

« — Edmond, répliqua Adolphe, veillez sur Thérèse, je vous la recommande. C'est ici où mon cœur vous reviendra tout entier, selon que vous vous conduirez avec elle. »

« — Mon amitié pour vous et ma galanterie envers son sexe vous sont les sûrs garans de ce que vous me demandez : tranquillisez-vous, je veillerai sur cette chère personne dans la venue et dans le retour. Mais comme je ne me soucie nullement d'assister au colloque entre elle et la marquise, vous ne me rendrez pas responsable de ce qui aura lieu dans la chambre de celle-ci. »

« — Et voilà ce que je redoute, ce que vous et moi ne pouvons empêcher. Colonel, partez donc, puisqu'il le faut. Je guetterai votre sortie pour courir consoler cette belle amie, et la refaire de la dureté avec laquelle on la traitera. »

Mongervel, trop heureux d'avoir réussi dans sa négociation, s'éloigna en toute hâte, espérant mieux de son avenir depuis que,

sous les dehors d'une franchise excessive, il
était parvenu à faire consentir Adolphe,
pour ainsi dire, à ce qu'il travaillât ouver-
tement contre lui.

CHAPITRE V.

LE COLONEL ET LE GARÇON MENUISIER.

> « L'un est grand, l'autre est petit, mais
> l'un est vicieux, l'autre est la vertu même;
> aussi le second est vraiment au-dessus du
> premier. »
>
> LÆNOBLE, *Mélanges.*

Ce jour-là était par extraordinaire un
jour de repos pour Cyprien; son maître,
invité à la noce d'un de ses amis, avait
donné *campo* à tous les ouvriers, et messieurs les compagnons du devoir, charmés

de perdre du temps, s'étaient distribués dans les guinguettes du faubourg du Temple. Cyprien, seul, loin de les imiter, était rentré chez lui, où il avait passé la matinée à lire, à écrire et à compter. Ses délassemens ordinaires devenaient encore un travail; il espérait que celui-ci, ouvrant son esprit, le rendrait plus apte à s'établir lorsque le moment serait venu de prendre en son nom un atelier de menuiserie.

Fatigué d'une occupation trop prolongée, il passa dans la chambre de Thérèse, et ils causaient ensemble lorsque Mongervel s'y présenta. Une triple reconnaissance eut lieu, elle produisit l'effet d'un coup de théâtre. Cyprien, en revoyant le colonel, retrouva dans ses traits ceux du militaire qui, sur les bords du canal de l'Ourcq, était venu une fois parler à Jean-Baptiste, quand le vicomte de Nérial portait ce nom. Mongervel et Thérèse se reconnurent réciproquement pour s'être rencontrés dans l'antichambre de Dolmer, et le premier se félicita plus que jamais que son ami n'eût pas

assisté à la surprise que produisit sur Thérèse la vue de l'homme qui, avant de la
connaître, était déjà son ennemi déclaré.
L'orpheline avait trop de naïveté pour cacher
ce que lui inspirait cette apparition, dont
elle n'attendait rien d'agréable; et certainement Adolphe aurait deviné à son trouble que le colonel ne la voyait pas pour la
première fois.

Cyprien, persuadé que celui-là était
aussi un ami d'Adolphe, se levait pour se
retirer, lorsque Thérèse, ne pouvant domp-
ter l'effroi que lui inspirait la présence de
Mongervel, prit le jeune ouvrier par la
manche de sa redingote. « — Restez, Cyprien, lui dit-elle à voix basse, mais de manière néanmoins à ce qu'elle fût entendue
du colonel ; restez, et au nom de Dieu ne
m'abandonnez pas. « Une prière moins di-
recte eût fait faire l'impossible à Cyprien ;
obéit sans peine, se contentant seulement
de s'éloigner du groupe, et il fut vers la
fenêtre.

« — Ai-je donc le malheur de vous ef-
frayer, Mademoiselle ? » dit le colonel.

« — Oui... oui, Monsieur, » fut-il répondu d'une voix émue.

« — C'est pour moi, répliqua-t-il, une
assurance bien désagréable, d'autant que
la mission que je viens remplir chez vous
aurait voulu que vous m'écoutassiez sans
prévention défavorable ; je ne crois pas
d'ailleurs vous être connu. »

« — Pardonnez-moi, Monsieur ; sans savoir qui vous êtes, je me rappelle parfaitement de vous avoir vu quelque part. »

« — Cela peut être ; souvent, néanmoins,
on se trompe sur les figures ; mais je dois
commencer par vous dire que je suis le colonel baron Mongervel, ami du vicomte
Adolphe de Nertal et de toute sa famille. »

Thérèse poussa un soupir, le colonel
continua :

« — Une dame respectable, la marquise
de Nertal, grand'-mère de votre am... de
votre ami, désirerait causer avec vous sur
certaines matières, et elle m'a prié de

vous accompagner chez elle, si vous vou-
liez bien y venir. »

« —Sainte Vierge! s'écria Thérèse en pâ-
lissant, que peut me vouloir cette dame
oh! non, Monsieur, je ne puis y aller. »

« — Vous auriez tort de la refuser, Mademoiselle : vous savez maintenant quels
nœuds l'attachent au vicomte Adolphe, et,
à votre place, je ne lui manquerais pas, sans
avoir un vrai motif de l'offenser. »

« — Dieu me garde d'en avoir la pensée;
mais je suis une pauvre ignorante; je ne
saurais ni parler, ni me présenter convenablement devant elle, et je mourrais de
peur si elle me querellait. »

« — J'espère que ce n'est pas son intention ; vous ne savez pas non plus ce qu'elle
désire traiter avec vous; elle ne me l'a pas
appris; en lui obéissant vous aurez rempli
votre devoir, et personne ensuite n'aura le
droit de vous blâmer. »

« — Non, Monsieur, je ne quitte ma
chambre que pour aller chez ceux que je
connais; que me dira cette dame? pour-

suivit Thérèse en sanglotant; que je suis une malheureuse, une fille perdue, que je lui enlève son petit-fils, qu'elle ne consentira jamais à notre mariage. Ai-je besoin qu'elle brise mon pauvre cœur en me donnant cette conviction funeste? Je sais bien qu'elle a le droit de me maltraiter, et pourtant je craindrais d'entendre les malédictions de sa colère. »

« — Vous prenez une mauvaise voie de conciliation, répondit Mongervel avec impatience; qui peut vous dire que cette dame, après qu'elle se sera plainte de vous à vous-même, n'écoutera pas vos raisons? On a vu dans le monde des choses plus extraordinaires. D'ailleurs, en vous montrant soumise, en supportant sa mauvaise humeur, vous la contenterez en partie, et aux reproches qu'elle vous adressera, vous lui ôterez le droit d'ajouter celui d'un mauvais caractère; enfin, c'est la grand'-mère du vicomte de Nertal, et, à ce titre, elle a une pleine autorité sur vous. Je vous con-

seille donc, de toute manière de faire ce
qu'elle désire. »

« — Eh! qui m'a dit, Monsieur, que vous
êtes franc en tout ceci, et que vous ne
voulez pas me tromper ? »

« — Me soupçonneriez-vous, Mademoiselle? » demanda le colonel avec hauteur.

« — Je vous ai entendu chez Monsieur
de la rue du Mail, » répondit Thérèse avec
une fermeté dont on ne l'aurait pas crue
capable, et tandis qu'elle foudroyait son
interlocuteur, elle s'adressa au jeune compagnon menuisier.

« — Cyprien, dit-elle, que feriez-vous
à ma place ? »

« — J'irais trouver la vieille dame,
mamzelle Thérèse : que peut-elle vous reprocher que vous méritiez? rien : elle criera,
vous la laisserez dire : je pense comme Monsieur, et j'ajoute, qu'attendu que cette
dame doit être votre grand'-mère, vous
ne sauriez trop lui montrer de respect. »

Le colonel regarda Cyprien avec une

expression sardonique : Cyprien ne parut
pas s'en apercevoir.

« — C'est là votre avis, mon ami ? répondit Thérèse ; eh bien , avant de me décider, j'attendrai d'avoir vu Jean-Bap...,
le vicomte de Nertal. »

« — Vous n'en ferez rien , mamzelle
Thérèse, reprit Cyprien : quand le fer est
chaud il faut le battre. On s'adresse à vous,
répondez vous-même. La force d'âme est
plus nécessaire dans la vie, et comme vous
êtes honnête, ne craignez rien de ce qui peut
troubler une personne de mauvaise foi. »

« — Vous me donnez un terrible con-
seil... Allons, il faut me résoudre à le suivre ;
mais certainement je ne partirai pas sans
vous ; venez m'accompagner. »

« — Je vais prendre mon chapeau ,
mamzelle Thérèse. »

« — Vous viendriez chez madame la marquise de Nertal ? » demanda le colonel avec
une teinte d'insolence.

« — Et même chez le Roi ! si mamzelle

m'en priait, » répliqua le menuisier avec
expression de fermeté modeste.

« — Qui êtes - vous pour être aussi ré-
solu ? »

« — Un homme, fait d'os et de chair
comme les autres, puis un ouvrier dont
le livret ne porte que ses éloges, et enfin,
l'ami de Jean-Baptiste. »

« — Vous, l'ami du vicomte de Nertal?»

« — Oui, et un ami dont il n'a jamais
eu à se plaindre, et qui ne l'a trahi dans
aucune occasion. »

Il n'y avait dans le propos de Cyprien
aucune intention maligne, et cependant,
Mongervel en fut blessé jusqu'au fond
du cœur, le feu de la colère couvrit son
visage ; mais bientôt, reconnaissant que le
jeune homme n'avait parlé que pour lui-
même, il se tranquillisa. Vainement essaya-
t-il de détourner Thérèse de se faire accompagner par Cyprien, il trouva celle-ci
inflexible dans sa résolution ; alors, et
comme un diplomate habile, il se décida,

au dernier quart d'heure, à accepter les propositions de l'ennemi.

« — Puisqu'il vous faut un compagnon de voyage à votre choix, dit-il à Thérèse, je consens à ce que Monsieur vienne avec nous : je crains que madame la marquise ne veuille pas le recevoir. »

« — Dans ce cas je n'entrerai pas chez elle, » répliqua Thérèse avec cette obstination que l'on ne peut espérer de faire plier. Il fallut lui promettre que Cyprien ne la quitterait pas, et à cette condition, elle consentit à se mettre en route ; le colonel lui offrit galamment la main pour descendre l'escalier, et pour arriver à son cabriolet, où tous les trois montèrent ensemble ; et ce fut encore une surprise étrange pour la portière et les commères voisines, que cette course de Thérèse et de Cyprien, en la compagnie d'un personnage qui, quoique simplement vêtu, annonçait par ses maniè-res distinguées l'élévation de son rang.

Nul ne parla dans le trajet : chacun dans cette voiture avait trop à réfléchir. Thérèse

4*

Mortier, comme étant la plus intéressée, priait Dieu de toute sa force de venir à son secours. Elle n'avait qu'une bien faible idée de la marquise de Nertal, se rappelant à peine ce que madame Guérin avait pu lui en dire; et néanmoins, par un pressentiment bizarre, elle se la représentait presque sous son véritable aspect. Parfois une folle espérance l'amenait à croire que cette dame pourrait s'attendrir; mais Thérèse ne tardait pas à repousser ce rêve et à voir toute la vérité; alors elle frémissait, tombait dans un découragement extrême, et aurait voulu, au prix de toutes les fortunes du monde, ne point être contrainte à paraître devant cette femme qu'elle redoutait tant.

Mongervel ne formait aucune idée positive sur ce qui allait avoir lieu : il croyait bien quelque peu à l'ascendant que la marquise prendrait sur la jeune fille; mais il faisait la part de l'énergie de l'amour, et il demeurait alors presque persuadé que la maîtresse d'Adolphe remporterait la victoire. Cyprien aurait voulu que Thérèse triom-

phât, et se plaisait à croire qu'elle atten-
drirait la marquise, et avant d'avoir vu
celle-ci, il lui cherchait des objets de com-
paraison parmi les vieilles femmes de sa
connaissance, n'ayant, lui positivement,
aucun point exact de rapprochement à
établir, car, par la nature de son travail et
de ses relations, il ne s'était jamais trouvé en
présence d'une femme du rang de la marquise de Nertal.

Joseph, placé dans la cour de l'hôtel par
l'ordre d'Adolphe, dès qu'il eut vu entrer
le cabriolet de Mongervel, courut en prévenir son jeune maître; il lui conta le nombre des individus qui arrivaient, et, à la
description qu'il lui fit d'eux, le vicomte
éprouva quelque soulagement, au milieu de
son inquiétude inexprimable, quand il eut
deviné que Cyprien accompagnait Thérèse. Il espéra que ce digne ami serait pour
elle un véritable auxiliaire. Le colonel n'é-
tait pas aussi charmé de voir là ce jeune
homme; il était convaincu que sa présence
serait désagréable à la marquise; mais

comme il avait appris à connaître la fermeté
du caractère de Cyprien, et qu'il était assuré que, sans risquer les chances d'une
scène fâcheuse, Thérèse ne se séparerait
pas de lui, il prit la résolution de rompre
le nœud gordien en ne prévenant point la
marquise de cet incident et en la laissant
elle-même démêler cette fusée incommode.

Thérèse se voyant dans l'hôtel de son
amant avait de la peine à commander à son
émotion ; ses genoux fléchissaient sous elle,
et sa pâleur annonçait qu'elle pourrait bientôt s'évanouir. Le colonel, malgré sa conduite envers elle, ne put la voir en ce moment sans ressentir quelque pitié ; les traits
de Thérèse produisaient sur son âme une
impression particulière, et plusieurs fois,
pendant le chemin, il se demanda où il
pouvait les avoir déjà vus, tant ils parais-
saient familiers à sa mémoire.

« — Prenez du courage, Mademoiselle,
dit-il, l'entretien que vous allez avoir avec
cette noble dame ne tournera pas dans tous

les cas à votre désavantage; soyez soumise, obéissez, et vous vous en trouverez bien. »

Il l'engagea ensuite à s'asseoir un instant dans le salon somptueux et vaste qui précédait la chambre de madame de Nertal, tandis qu'il dit à un domestique d'aller annoncer à sa maîtresse que la personne qu'elle souhaitait de voir venait d'arriver. Thérèse et Cyprien, malgré le trouble qui les assiégeait l'un et l'autre, avaient de la peine à s'accoutumer à la magnificence des salles qu'ils avaient traversées, de celle où ils étaient, et à la richesse de l'ameublement. Ces tapis d'Aubusson aux couleurs si vives et si variées, ces lustres étincelans des feux que lançaient les festons de cristal et couverts de dorures, ces glaces immenses toutes d'une seule pièce, et qui, répétant les objets, les rendaient plus imposans; les tentures de velours, les fauteuils non moins magniques, les pendules, les vases de porcelaine, les tables chargées de girandoles, de lambeaux, d'objets précieux, enfin l'appareil d'un luxe si peu en rapport avec la mi-

sère du pauvre; tout se réunissait à la fois
pour intimider deux jeunes gens à qui leur
imagination n'avait jamais offert un tel
éclat, surpassant pour eux ces contes de
fées dont peut-être on avait amusé leur
enfance.

Mais l'enivrement dans lequel Thérèse
fut jetée diminua quelque peu le trouble
qui remplissait son cœur; sa frayeur, forcé-
ment suspendue, laissa prendre à son courage vertueux une supériorité que, sans
cette cause étrangère et futile en apparence,
il n'aurait pas eu; elle songea que son
Adolphe était né dans cette splendeur, que
pour elle il voulait en sortir, et que par
conséquent elle devait, par son héroïsme
et sa persévérance dans leur amour, se
rendre digne du sacrifice qu'il lui faisait.

Le comte de Nertal se trouvait avec sa
mère au moment où on annonça le colonel et sa compagnie. On ne désigna pas
mieux celle-ci, et lui, respectant les secrets de sa mère, sortit aussitôt. En entrant
dans le salon son coup d'œil rapide, et plus

encore sa haute expérience, lui fit reconnaître aussitôt dans Thérè**e** celle qui trou-
blait la paix de sa maison. Il frémit peut-
être à la vue de cette pauvre créature, et cependant, malgré lui, il eut pitié de la douleur, de l'épouvante qui respiraient encore
sur ses traits. Les formes athlétiques et
gracieuses en même temps de Cyprien le
frappèrent aussi : mais tout cela ne fut pour
lui que la durée d'un éclair ; car, ne pouvant
pas commander aux impressions pénibles
de son âme, il s'éloigna rapidement après
avoir échangé quelques mots avec Mongervel, à qui il n'osa pas demander la con-
firmation de ses soupçons.

Le bruit de la porte de la chambre de
la marquise, lorsqu'elle s'ouvrit pour donner passage au comte, attira sur celui-ci les
regards de Thérèse et de Cyprien ; ils reconnurent tous les deux, dans la figure noble et majestueuse du comte de Nertal,
dans toute sa démarche et les habitudes de
son corps, son degré de parenté avec Adolphe qui était son image parfaite. L'impres-

sion ressentie par Thérèse fut si forte,
qu'aussitôt qu'elle revint de sa première
émotion elle ne put commander à une im-
pétuosité de son âme ; elle se leva précipitamment, et, se jetant à genoux, tendit vers
le comte ses mains suppliantes. Celui-ci ne
vit ce geste qu'imparfaitement, et, comme
il s'éloignait, il ne ralentit pas sa course,
s'estimant heureux de n'être point dans la
nécessité de soutenir une scène déchirante.
Mongervel courut en même temps vers
Thérèse, et en la relevant lui dit : « Mademoiselle, contenez-vous, ce n'est pas avec
ce seigneur que vous avez à faire. »

Le domestique reparut, et dit au colonel
que la marquise l'attendait.

CHAPITRE VI

LA MARQUISE ET L'ORPHELINE.

« .... Il n'est rien qui blesse un noble cœur
Comme quand il peut voir qu'on le blesse en l'honneur. »
MOLIÈRE, *l'Etourdi*, acte I, sc. 10.

CES paroles furent un coup de foudre pour Thérèse, elle fut encore sur le point de s'évanouir, Cyprien courut à elle et la soutenant :

« — Bon courage, Mamzelle ; lui dit-il, on ne doit craindre que de paraître devant Dieu ! »

IV.

Le colonel marchant devant eux entr
le premier dans la chambre de la marquise,
Thérèse et Cyprien le suivirent immédia
tement ; la dame était assise selon son usag
dans un immense fauteuil de velours plac
auprès de la cheminée ; les rayons du jou
venant frapper sur ses traits flétris, faisaien
connaître dès le premier regard, à ceux qu
se présentaient dans l'espoir d'obtenir un
grâce, combien on devait peu l'attendre d
cette dame ; tout en elle portait l'empreint
de l'orgueil le plus éminent, accompagne
des vices son escorte ordinaire, l'in
sensibilité au malheur des autres, la duret
pour le pauvre véritable, la morgue d
rang, la haine pour tout ce qui résistait, e
le mépris pour les êtres prétendus infé
rieurs ; on aurait pu y voir à cette heure
un reste de dépit mal éteint et un cour
roux profond qui se montrait encore su
des joues caves et sur un front ridé p
l'âge et par les passions. La marquise avai
conservé un goût particulier pour la toi
lette, elle se parait avec magnificence ; u

chapeau garni de plumes couvrait sa tête ; une robe de velours noir garnie de fourrure, une pelisse non moins riche jetée sur ses épaules formaient son accoutrement.

Le colonel fut à elle tandis que Thérèse et son appui véritable, l'excellent Cyprien Aimar, restaient presque à la porte, n'ayant nulle envie d'aller plus avant tant qu'on ne le leur dirait pas. La marquise s'aperçut d'abord de la présence d'un inconnu qu'elle n'avait point appelé, et tout aussitôt elle demanda à Mongervel d'une voix irritée quel était cet homme et ce qu'il venait faire là.

« — C'est un ami de Mademoiselle, » fut-il répondu.

« — Qu'il s'en aille, je n'ai pas à faire à un drôle de la sorte ! »

« — Je ne sortirai d'ici qu'avec mamzelle Thérèse, répondit Cyprien avec autant de douceur que de fermeté ; je suis son ami, son frère, son tuteur chargé de veiller sur elle, et nous ne sommes venus que sous l'assurance qu'on me laisserait assister à tout ce qui lui serait dit. »

Le colonel, que le jeune homme regarda, n'osa pas démentir sa promesse; il dit quelques mots à ce sujet à la marquise, et celle-ci, sans plus s'occuper de cet incident, adressa enfin la parole à Thérèse.

« — Approchez-vous, jeune fille, lui dit-elle, et venez causer avec moi puisqu'il faut que nous traitions ensemble de puissance à puissance. Quel âge avez-vous? »

« — Dix-neuf ans, Madame. »

« — Où sont votre père et votre mère?»

« — Je les ai perdus dès ma première jeunesse. »

« — Que faites-vous? »

« — Je suis couturière de mon état. »

« — Fort bien! et vous voulez épouser mon petis-fils ?»

« — Madame..... »

« — Répondez à ma question si vous osez le faire. »

« — Oui, Madame! il me l'a promis, et
ce n'est qu'à cette condition que j'ai eu le
malheur de..... »

Les larmes que versa Thérèse ne lui
permirent pas de continuer son propos.

« — Vous êtes folle à lier, mon enfant,
reprit la marquise en cherchant à cacher
sous une feinte douceur la rage qui la dévorait. Pensez-vous que ce soit une chose
si facile que de devenir la femme de l'héritier unique de ma maison? vous ignorez
sans doute que celle qui doit porter ce titre
est choisie depuis long-temps, que sa place
est marquée dans cet hôtel et dans mon
cœur, et que nulle autre personne ne viendrait la lui ravir. Savez-vous à quelles
époques éloignées remonte ma famille,
quelles grandes charges elle a occupées dans
l'état, combien notre noblesse est vénérable?... A quoi vais-je m'arrêter! vous ne
pouvez rien comprendre à tout cela; dans
votre ignorance vous ne voyez qu'une seule
chose, c'est que le vicomte est riche et que
sa fortune est bonne à partager. »

Un geste impétueux et parti du cœur
fut l'unique réponse de Thérèse, mais cependant ses larmes commencèrent à se sé-
cher, et dès qu'on parut vouloir l'humilier
elle se releva de toute la hauteur de la vertu.

« — Oui, petite mijaurée, poursuivit la
dame, c'est à la fortune d'Adolphe que tu
en veux, il est riche et tu veux l'être! Eh
bien, s'il te faut de l'argent on t'en donnera;
demande une somme énorme elle ne te sera
point refusée. »

« — Il me faut, Madame, un mari qui
me rende l'honneur et qui soit le père de
mon enfant. »

« — Eh bien, il y aura mille jeunes
gens de bonne mine qui ne demanderont
pas mieux que de t'épouser lorsqu'ils sau-
ront que tu n'es plus pauvre... »

« — Je me suis mal expliquée, madame
la marquise, répliqua Thérèse en tremblant;
je ne veux pour mari que le père véritable de mon fils. »

« — Misérable bâtard ! s'écria la vieille

femme en se soulevant de fureur sur son fauteuil, celui-là serait-il plus heureux que l'autre et amènerait-il une mère indigne....» La marquise s'arrêta, et le colonel s'approchant plus encore d'elle: «—Ne craignez-vous pas, Madame, lui dit-il, de ne pouvoir soutenir plus long-temps cette contestation fâcheuse?»

«—J'ai plus de force que vous ne m'en soupçonnez, répondit-elle, mais on ne peut commander toujours à la violence et à l'amertume des souvenirs.....» Et ici de nouveau la marquise s'arrêta, puis continuant son propos: «—Je ne veux congédier cette fille que lorsqu'elle m'aura tué, ou que je lui aurai mis la mort dans le cœur.»

Ceci fut dit avec un tel accent de rage, que Mongervel en frissonna tout insensible qu'il était.

«—Tu crois, jeune fille, reprit la dame, que celui dont tu exiges la main te demeurera fidèle et que tu seras heureuse avec lui; songe que le dégoût suivra bientôt la

folie que tu lui inspires; il a déjà aimé
trente femmes, peut-être il en aimera quarante après toi, et quand le bandeau sera
tombé de ses yeux, lorsque sa raison re-
connaîtra la faute qu'il aura commise, dans
son désespoir il t'accusera et fera retomber
sur toi, et justement sans doute, le châtiment de son erreur. »

« — Jean-Baptiste est un honnête homme, répondit Thérèse; il sait qui je suis, et
comme je me conduirai toujours en honnête femme, j'espère que Dieu me procurera la force nécessaire à soutenir les tri-
bulations qui me sont réservées. »

Ce nom de Jean-Baptiste donné involon-
tairement au vicomte Adolphe par Thérèse, irrita davantage la fière marquise.

« — Non ! non ! créature insolente ! s'écria-
t-elle; toi qui as porté mon héritier à s'avi-
lir ! ne te flatte pas d'une vie heureuse et
tranquille ! tu n'es pas encore au but où
tu cours ! l'âge du vicomte et la volonté
des lois sont des barrières que tu ne fran-

chiras point si aisément! il est loin encore
de sa majorité. Nous avons toute sorte
de droits sur sa personne, et nous les em-
ploierons pour nous venger de toi! Non
jamais tu ne seras sa femme! jamais mon
nom ne sera profané par une aussi vile
et dégoûtante créature, dont la vie, jusqu'à ce jour, n'a été qu'une longue suite
d'infâmes débauches! »

Thérèse, à ces accusations odieuses,
leva douloureusement les yeux et les bras
au ciel comme pour le prendre à témoin
de son innocence; mais, accablée d'une
autre part sous le poids de sa douleur excessive, elle n'eut pas la force de prendre
la parole afin de faire entendre sa justification. Cyprien, indigné contre une femme
qui ne lui inspirait plus de respect depuis
qu'elle-même s'était dégradée par les ca-
lomnies qu'elle avait vomies, s'avança vers
elle, le visage enflammé, la tête haute.

« — Madame, dit-il, mamzelle Thérèse
est pauvre, et elle n'a pas d'autres défauts;

c'est, sur la terre, une ange de bonté, de
vertu et de patience : elle a été trompée
par votre petit-fils, et, jusque-là, sa réputation fut intacte. Devez-vous, parce qu'elle
est malheureuse et orpheline, la maltraiter ?
Son honneur est le seul bien qu'elle possède, et je ne le lui laisserai pas enlever ! »

L'énergie simple que mit Cyprien dans
cette circonstance légitime, et l'imposante
sévérité qui brillait sur sa belle figure, je-
tèrent la marquise dans un étonnement
inexprimable ; jamais elle n'avait entendu,
dans sa longue carrière, un homme, quel
que fût d'ailleurs son rang, lui parler sur
ce ton, et tant d'audace, dans la bouche
d'un ouvrier, lui semblait le dernier degré
de l'injure. Mais, d'une autre part, l'ascendant de la vérité, la franchise digne
avec laquelle Cyprien s'exprimait, ne laissèrent pas que de l'embarrasser, et, en
première réponse, une exclamation singulière échappa de sa bouche.

« — O révolution ! dit-elle, voilà de tes

fruits! ils sont bien amers! Et toi, garçon, qui parles devant moi sans que l'on t'interroge, sais-tu bien qui je suis et qui tu es? »

« — Un pauvre ouvrier, comme Thérèse est une pauvre ouvrière. Nous sommes ce que vous appelez de petites gens, et vous êtes une grande dame, une marquise, qui allez chez le roi tant que vous voulez; nous sommes aussi ses sujets, il doit nous aimer autant que vous, et, sous son règne, il ne souffrira pas que nous soyons mal menés. Si ce que je vous dis vous déplaît, que ne nous renvoyez-vous? D'ailleurs qu'avons-nous encore à faire ici? cette jeune fille, ma sœur d'affection, est une excellente créature; elle voudrait vous aimer en votre qualité de grand'-mère de son mari..... »

« — De son mari! polisson! répliqua la marquise avec emportement; ose-tu lui donner ce titre? et, devant moi, ceux qui m'écoutent peuvent-ils le souffrir? »

Cet appel direct troubla le colonel.

« Mon ami, dit-il à Cyprien, vous manquez à madame, et je ne le permettrai pas ! »

« — Tant pis pour vous, Monsieur, répondit Cyprien, si la vérité vous blesse. Est-ce que nous serons venus ici pour être insultés sans pouvoir nous défendre ? Tant que cette dame n'offensera que moi, je ne dirai rien, je sais que ses injures ne me feront aucun mal ; mais il n'en est pas de même quand elle flétrit la vertu de la femme de mon ami ; de mon ami, Monsieur, de celui que vous m'avez dit être le vôtre ! »

La tournure de la réplique terrassa Mongervel ; il pâlit, balbutia quelques mots inintelligibles. La marquise comprit qu'en insistant elle le placerait dans une position pénible vis-à-vis d'Adolphe, et elle lui fit signe de ne pas répondre, et qu'elle n'exigeait plus rien de lui.

« — Madame ! dit alors Thérèse en tombant à genoux devant la marquise, au nom de Dieu ! au nom de la charité qui doit être

dans votre âme! prenez pitié de mon malheur et de ma position! Je sais bien que je
suis indigne de m'approcher de vous, mais
je ne suis pas non plus coupable de tout ce
qui s'est passé; je vous jure, et vous pouvez me croire, que si j'eusse connu Jean-
Bap... le vicomte Adolphe pour ce qu'il
est, jamais je ne me fusse attachée à lui,
ou, si j'eusse commis cette faute, je ne la
lui aurais pas avouée. Il est venu à moi sous
un faux nom; je me suis laissée prendre à
ses paroles; je l'ai vu mon égal, un simple
ouvrier comme cet honnête garçon. Il m'a
promis mariage devant Dieu et la main sur
le cœur. J'ai été faible, j'en conviens; mais,
avant et après, j'ai encore demeuré sage;
je lui ai donné un fils qui est son portrait
vivant; il s'est identifié à moi plus intime-
ment depuis cette heureuse délivrance.
C'est votre sang que j'ai mis au monde,
Madame, et votre sang le plus pur; vous
aimeriez cet enfant rien qu'à le voir. Et
vous le repousseriez! et vous le dévoueriez
à l'infamie! vous feriez un bâtard de l'hé-

ritier de votre famille! cela est impossible
vous n'auriez pas ce courage! et vous vou
mettrez à la place d'une mère qui doit
dévouer à tout souffrir pour assurer un ra
honorable au fruit que ses entrailles o
porté! »

« — Tu m'insultes! maudite créature
s'écria la marquise en se levant dans u
état de fureur inexprimable. Crois-tu me
dicter mon devoir? mort sur toi et cet êtr
coupable par cela seul qu'il te doit la vie
Ah! je suis la seule au monde que ces pa
roles insensées ne peuvent attendrir! J
suis.... mais non! point de grâce! point de
pitié! je n'en ai pas eu pour moi-même! »

Elle dit, demeure debout immobile, l
bras étendus; puis reprenant sa colère

« — Tremble! poursuivit-elle, tremble
car je te persécuterai sans paix et san
trève! j'écraserai la couleuvre venimeu
qui veut nous infecter de son poison
guerre éternelle entre nous deux! Ah!
veux être mère tendre! et tu l'adresses

moi pour le dire ! il y a eu de la fatalité
dans ce propos, et, certainement, je dois
t'en punir. Sors d'ici ! sors en emportant
ma haine, mon mépris et la certitude que
tu as rencontré ton implacable ennemie ! »

Thérèse ne put ni répondre ni obéir;
l'excès de l'horreur que lui avaient causée
ces affreuses paroles, venait de de la frapper d'évanouissement ; elle chancelait et
tombait déjà sur le tapis, lorsque la porte
de la chambre fut ouverte avec vivacité;
Adolphe s'élança aux yeux surpris de ceux
qui étaient là, et il reçut dans ses bras le
corps inanimé de sa jeune épouse. En le
voyant la marquise, plus excitée encore :

« — Que viens-tu faire ! parricide ? oui !
parricide ! car tu me donneras la mort !
Laisse, laisse, crois-moi, cette fille insolente; laisse-la si tu crains Dieu ! »

« — Oh ! Madame ! répondit Adolphe;
pouvez-vous mettre tant de dureté dans
vos paroles ! »

« — Laisse-la ! »

« — Non ! Elle est ma femme ! »

« — Ta femme ! as-tu dit ? répéta la marquise avec le rire des furies. Eh bien ! je vous enveloppe tous les deux dans la même malédiction !! »

CHAPITRE VII.

LES DEUX NOBLESSES.

Nec sensus , nec clarum nomen avorum
Sed probitas magnos , ingeniumque facit.

OVIDE.

« Ni les grands biens, ni la haute naissance
ne font les hommes supérieurs ; mais le génie,
la vertu et la probité. »

CE fut un spectacle inatendu pour les
gens de l'hôtel de Nertal, que de voir le
vicomte Adolphe traverser les appartemens
et les cours sans chapeau, le visage pâle,

5*

les yeux étincelans; emportant avec lui
dans ses bras une jeune fille frappée de tous
les symptômes de la mort.

« — Une voiture! une voiture! s'écriait-
il, une voiture! ma vie et la sienne en dé-
pendent! »

Le colonel et Cyprien venaient tous les
deux après lui, le premier déguisant sous
un air peiné le remords qui s'élevait dans
son âme, le second n'ayant pas besoin de
simuler une douleur qu'il éprouvait sincè-
rement; bientôt descendirent dans la cour
le comte de Nertal, sa femme et Régine
leur fille. Les cris d'Adolphe étaient parvenus jusqu'à eux, et leur cœur n'avait pu
les entendre et demeurer en repos.

« — Mon fils, mon frère, entendait-on
crier : où allez-vous? pourquoi cet éclat? »

« — Elle l'a tuée! s'écriait-il, elle
est morte! »

« — Qui? » demandait-on.

« — Cette jeune fille! ma Thérèse! ma
femme! Elle la tuée! Mort et vengeance
je la prendrai de tout l'univers. »

« Même de votre père, cruel enfant ! »
dit le comte avec amertume.

« — O mon père ! reprit Adolphe,
vous savez bien que mon respect et mon
amour vous sont acquis ; mais à cette heure,
je ne puis rien entendre, cette maison lui
est fatale. Une voiture ! une voiture pour
l'en arracher ! »

La comtesse reconnaissant alors la cause
du désespoir de son fils se sentit partagée
entre sa tendresse et son dépit ; l'éclat que
ferait Adolphe allait proclamer ce qu'elle
aurait voulu pouvoir ensevelir dans une
obscurité profonde ; elle reconnut dans ce
moment le colonel qu'elle n'avait pas aperçu
au milieu de son trouble, elle le prit à part
et lui demanda de lui expliquer cette scène
terrible : deux mots la mirent au fait et
elle déplora que la violence de sa belle-mère
eût amené un si fâcheux résultat. Régine
cependant qui ignorait tout, s'était rappro-
chée de son père, et ayant reconnu dans
ses bras la jeune femme qui chez sa cousine mademoiselle de Gespant, lui avait

inspiré un si vif intérêt, elle commença à soupçonner quelque chose de la vérité.

Cependant aux cris d'Adolphe, Joseph s'était détaché; il avait couru à la place voisine, et il revenait avec une voiture, ayant bien pensé que celles de la maison ne seraient pas prêtes à temps. Thérèse restait toujours évanouie. Adolphe ne voyait qu'elle, n'écoutait ni les avis de son père, ni les reproches de la comtesse, ni les pleurs de Régine. Et toujours sa voix impérieuse demandait le carrosse, qui arriva enfin; il y monta précipitamment avec Cyprien; mais lorsque le colonel voulut faire mine de le suivre :

« — Restez avec ma famille, lui dit-il; consolez-les de mon absence, et tâchez de les aider à réparer la faute qui vient d'être commise. »

Thérèse si long-temps évanouie reprit ses sens dès qu'elle ne fut plus dans la maison de sa persécutrice. Elle ouvrit les yeux et les referma aussitôt, croyant voir devant elle encore la femme qui l'avait traitée si indignement. Mais un tendre baiser d'A-dolphe, le mouvement de la voiture, la voix chérie, de son ami lui prouvèrent qu'elle n'était plus sous l'influence d'une cruelle adversaire, et qu'elle pouvait res-pirer librement ; elle fut d'abord hors d'état de parler, elle demeura suffoquée par ses sanglots et par ses larmes ; des cris inarti-culés sortaient de ses lèvres ; et ses mem-bres roidis étaient encore sous la puissance du spasme auquel sa raison venait à peine d'échapper. Elle resta dans la même situation jusqu'à ce qu'elle fût dans la rue Phelippeaux. Adolphe s'élança le premier à terre, revêtu de son superbe costume militaire qu'il portait dès le matin, son ser-vice l'ayant appelé au château, et devant l'y ramener dans la soirée. Il reçut Thé-rèse que Cyprien lui remit ; la porta en-core jusque dans les mansardes devant toute la maison assemblée, et que son no-ble aspect terrifia. Tandis que Joseph, qui portait la brillante livrée des Nertal, et qui avait suivi son maître derrière le fiacre, demeura dans la cour à attendre les ordres qui lui seraient transmis.

La jeune fille conduite dans sa chambre y fut confiée un instant aux soins de la bonne Sophie, puis lorsqu'elle eut été délassée, Adolphe et Cyprien rentrèrent chez elle, et là commença une longue explication qui servit réciproquement à s'apprendre ce que de part et d'autre on pouvait ignorer. Adolphe déplora la faiblesse qu'il avait eu de consentir à cette entrevue, il remercia Cyprien du rôle qu'il y avait joué.

« — Quant à moi, dit-il, instruit par mon domestique de votre venue, j'étais sur les épines, et ne pouvant commander enfin à mon inquiétude, je suis venu jusque dans le salon, ne sachant plus ce que je faisais, ayant perdu la tête, enfin dans un état à faire pitié à mon plus cruel ennemi. Je ne perdais aucune de vos paroles, car j'avais la faiblesse de les écouter lorsqu'elles parvenaient à moi; les dernières

ont été si affreuses qu'il m'a été impossible
de les souffrir, je suis accouru, vous savez
le reste. Heureux que je suis dans mon
malheur d'avoir pu arracher ma douce
Thérèse à la femme impitoyable qui la
poursuivait avec tant de rigueur. »

« — O Jean-Baptiste ! s'écria Thérèse, elle nous a maudits, et une mère qui
maudit ses enfans est toujours entendue
du ciel. Mon Dieu ! mon Dieu, quelle vie
cruelle sa malédiction nous prépare ! »

« — Elle est injuste, mon amie, elle sera
sans pouvoir ; Dieu n'a jamais servi une
colère aveugle. Son équité me répond
qu'il sera pour nous ; écoute maintenant
ma prière, ne sors plus qu'en la compagnie
de Cyprien ou en la mienne. N'obéis plus
à ce que l'on te commandera ; je suis ton
mari et moi seul dois te donner des ordres,
dans l'intérêt de notre bonheur. »

La conversation se prolongea sur ces
matières bien long-temps encore, et jusqu'à l'heure où le besoin du service appela le vicomte au château. Pendant qu'il

était avec ses amis, Joseph resté dans la cour,
avait à repousser les questions avides de la
mère Michel, de la femme Rougé et de
plusieurs autres dames des environs, toutes
curieuses de savoir qui était enfin Jean-
Baptiste, qu'il n'était plus possible de croire
un garçon colleur de papier. Joseph persi-
flant ces femmes indiscrètes ne leur apprit
rien de la vérité, non plus qu'à la jolie
Clorinde Séphas, qui, elle aussi, attirée par
la rumeur publique, osa venir l'interroger;
il fut plus poli avec elle, parce qu'il la
trouvait charmante, mais non point plus
communicatif; quoi qu'il en soit, il y en eut
assez pour fournir la matière pendant plus
d'une semaine aux contes les plus absurdes
dont on ait jamais régalé les habitans de la
rue Phelippeaux.

Sophie Loblin, qui, dans le premier
moment, avait cru son amie si heureuse
d'avoir un grand seigneur pour amant,
commençait à penser que la chose pouvait
être plus pénible qu'agréable, et elle se demandait s'il ne valait pas mieux cent fois

aimer son égal, au risque de courir avec
lui toutes les chances de la misère; elle rê-
vait ainsi, tandis que Cyprien, retiré dans
sa chambre, s'abandonnait à des pensées
non moins hautes et non moins importan-
tes. L'insensible dureté de la marquise
l'avait profondément ému; il avait de la
peine à se figurer une telle malice dans une
personne que son éducation et ses principes auraient dû rendre meilleure; mais
en même temps il se rappelait avec plaisir
la noble figure du comte de Nertal, signe
certain à ses yeux de l'élévation de l'âme.
Cyprien n'avait fait qu'entrevoir ce gentilhomme, et cet instant rapide lui avait
suffi pour le convaincre que celui-là était
digne de son rang.

« Pourquoi, se disait-il en lui-même,
n'irais-je pas le trouver? Je suis, par le
choix libre d'Adolphe, mon ami, le tuteur
du fils de la pauvre Thérèse; mon devoir
me commande de tout tenter dans l'intérêt de cet enfant. Je suis un ouvrier, je le
sais; mais enfin je suis pur de toute mau-

IV.   6

vaise action, et je ne voudrais pas être à
la place de cette méchante marquise, ni
même à celle de ce colonel, qui certainement trompe notre ami commun. Eh bien!
demain, Dieu venant à mon aide, j'irai
trouver ce comte de Nertal, et je lui dirai
ce que ma conscience me conseillera d'a-
dresser à la sienne. »

Le lendemain matin, à huit heures précises, le premier valet de chambre de
M. de Nertal, homme grave et important
dans la maison, parut devant lui.

« — Monsieur le Comte, dit-il, quel-
qu'un désire vous parler; voulez-vous
être visible? »

« — Vous savez, Robertin, que je le
suis toutes les fois que je me trouve chez
moi. »

« — Mais, monsieur le Comte, je dois
vous prévenir que celui qui vous demande
est le jeune homme..... »

« — Eh bien, Robertin? »

« — Ce jeune homme venu hier avec
une certaine personne, et qui partit en la
compagnie de M. le vicomte Adolphe. »

« Que me veut-il ? » se demanda M. de
Nertal à lui-même en éprouvant une surprise complète. Déjà Cyprien lui était connu : Mongervel, demeuré la veille après le
départ de son ami, avait été presque forcé
d'apprendre au comte et à la comtesse ce
que l'un et l'autre ne savaient qu'imparfaitement, et la force de la vérité l'avait conduit à peindre le jeune ouvrier sous les
couleurs les plus favorables ; je dois même
dire que Mongervel s'était plu à lui rendre
la justice qui lui était due. De tels précé-
dens avaient disposé M. de Nertal en faveur
de Cyprien ; aussi ne balança-t-il pas à
donner l'ordre de l'introduire, en même
temps qu'il fit la défense de permettre que
rien pût interrompre l'entretien qui allait
avoir lieu. Robertin sortit, et peu après
Cyprien se présenta.

Je l'ai dit plusieurs fois, la nature avait

traité ce jeune homme en véritable enfant
gâté, réunissant en lui les perfections physiques à celles de l'âme, et imprimant surtout sur son visage cette franchise, cette
sérénité qui n'existent jamais sur les traits
de l'homme livré à la véhémence des passions honteuses. S'il est des êtres qui sont
à pendre en conséquence de leur mauvaise
mine, Cyprien était, au contraire, de ceux
auxquels on donnerait un trône si, pour
l'occuper, il fallait plaire universellement.

Le comte était excellent physionomiste;
aussi il lui suffit d'un seul regard pour reconnaître combien celui qui entrait méritait une réception distinguée, et M. de
Nertal croyait que la vertu et le mérite
avaient de plus grands droits aux égards
d'un homme d'honneur que la noblesse,
les charges ou la richesse d'un personnage
vicieux.

Cyprien, avec le calme d'un cœur tranquille, et néanmoins avec cette émotion
naturelle à sa position et à la circonstance,

salua respectueusement le père de son ami, qui lui rendit ce salut du ton d'une affabilité grave, mais encourageante toutefois.

« — Monsieur le Comte, dit le jeune homme, je viens à vous pour traiter d'une affaire bien importante ; vous excuserez à ce titre ma démarche et mon ignorance. Je m'appelle Cyprien Aimar, je suis compagnon menuisier, et j'ai eu le plaisir d'inspirer de l'amitié à votre fils ; il a plus fait, il m'a donné sa confiance, et à ce titre j'ai cru devoir vous parler. Vous conviendrait-il de m'entendre ? et me pardonnerez-vous ce qui pourra vous déplaire dans ce que j'ai à vous dire ? »

« — Je ne doute pas, Monsieur, dit le comte, que votre venue ici ne soit toute conciliatrice ; je me plais à croire que vous voulez le bien de mon fils, puisque vous êtes son ami ; et je pense en effet que vous méritez de l'être. »

« — Oui, Monsieur, si désirer ardem-

ment son bonheur et la conservation de
son honneur intact sont propres à l'obtenir. Dieu m'est témoin que je lui étais at-
taché de cœur avant que de connaître son
nom véritable, et qu'il me coûterait peu de
lui donner mon sang si par là je pouvais
contribuer à le rendre heureux. »

L'accent de sensibilité passionnée avec
lequel Cyprien prononça ces paroles bou-
leversa l'âme du comte, qui en apprécia
toute la valeur; il ne put s'empêcher de
faire un pas vers Cyprien, et, prenant sa
main, de lui dire :

« — Brave jeune homme, j'estime mon
fils bien heureux si tous ses amis sont
comme vous. »

« — Je suis dans leur nombre le dernier sans doute, et mon défaut d'éducation doit vous le prouver; mais enfin, tel
que je suis je me donne, et l'on ne peut
me demander au-delà. Au reste, Monsieur,
quand je suis venu à vous, je savais qui je
rencontrerais, et vous êtes un père comme

le ciel, en fournit rarement ; vous deviez plus que tout autre voir accomplir vos souhaits , et combien je souffre de vous causer de la peine ! Puis-je l'éviter cependant ? Il y a là-dedans (il montrait son cœur) une voix qui me commande , et je me suis toujours bien trouvé de lui avoir obéi. »

« — Suivez ses inspirations, reprit le comte en soupirant ; celle-là ne nous trompe jamais. »

« — Monsieur, reprit Cyprien d'une voix fortement émue, vous savez ce qui se passe autour de nous. Votre fils a voulu se faire aimer d'une pauvre fille , et il y est parvenu ; mais par quelle route ! A-t-il paru devant elle dans tout l'éclat de son rang ? et par là l'a-t-il avertie des périls qu'elle courait en l'écoutant ? Non, Monsieur le Comte, il ne l'a pas fait. A-t-il eu tort ? Oui, sans doute ; mais le malheureux en a été si cruellement puni qu'il ne me reste point le courage de le lui reprocher. Il s'est présenté vêtu en simple ouvrier, travaillant de ses mains comme mamzelle Mortier; il a parlé mariage à une fille simple, elle l'a cru; il lui a juré devant Dieu ce qu'il aurait dû jurer à la municipalité et devant le prêtre, et par là, ce me semble, il a donné encore plus de force à son engagement, puisque lui seul en est le dépositaire. »

« — Monsieur, votre conséquence est rigoureuse. »

« — Oh! monsieur le Comte, vous n'êtes pas là pour la contester. »

M. de Nertal tressaillit et se tut, à tel point le calme sublime du jeune homme dans sa réponse le terrifia; Cyprien poursuivit :

« — Mamzelle Thérèse Mortier est une orpheline élevée dans la crainte de Dieu et dans l'ignorance du mal; elle croit les autres bons et sans malice, parce qu'elle est bonne et qu'elle n'a pas de fiel. Comme elle ne songeait pas à tromper Jean-Baptiste (c'est le nom que votre fils avait pris),

elle ne soupçonna pas que Jean-Baptiste
pût la tromper. Les jeunes filles, dans
notre condition, n'ont pas, pour les garantir de tomber en faute, tout ce qui préserve celles de votre rang ; elles sont toujours seules en présence du danger; aucun parent ne les retient ; et comme parmi
nous il y a moins de méfiance, parce qu'il
y a peu de tromperies, celles qui sont les
plus honnêtes sont celles que l'on séduit le
plus facilement. Mademoiselle Thérèse,
persuadée que celui qu'elle voyait son égal
deviendrait son mari, oublia les recom-
mandations de notre sainte religion; elle
fit le mal, et pourtant avec innocence, et
je ne crains pas de dire qu'elle n'a jamais
cessé d'être vertueuse, car elle s'est regar-
dée toujours comme mariée légitimement. »

Cyprien s'arrêta après cette dernière
phrase ; le comte, embarrassé d'un silence
dont il augurait mal, lui dit avec douceur :

« — Eh bien, Monsieur ? »

« — Eh bien, monsieur le Comte, un
enfant est survenu de cette séduction, non,

dis-je, de cet amour franc et mutuel; un enfant qui achève de le consacrer. Votre fils veut se conduire en honnête homme; il veut conserver intact l'honneur de sa maison, et je viens en toute confiance vous demander si vous avez l'intention de vous y opposer. Je sens combien c'est hardi à moi; mais cette pauvre fille m'honore du nom de frère, votre fils m'a choisi pour parrain de son enfant; je connais les charges que j'ai contractées envers l'un autant qu'envers l'autre; vous ne m'en voudrez pas si, Dieu aidant, je tiens à les remplir dignement. »

Jamais le comte de Nertal ne s'était trouvé dans une position pareille. Il y avait en lui trop de grandeur véritable pour qu'il s'indignât de la conduite de Cyprien, et loin de là, il admirait dans ce jeune homme cette candeur énergique, cette confiance vertueuse en la bonté de sa cause. D'une autre part cependant, il ne pouvait supporter l'idée d'un mariage aussi disproportionné; il lui était affreux que son fils, que l'héritier d'une grande maison, appelé aux honneurs de la cour et lié à sa digne cousine par la volonté de ses parens, renonçât à tous ces avantages pour satisfaire une passion qui peut-être ne tarderait pas à mourir quand elle serait complétement satisfaite. D'ailleurs, si Adolphe était engagé, il croyait, lui, ne l'être point, et il lui semblait que, sans offenser sa propre conscience, il pouvait s'opposer de tout son pouvoir à un mariage aussi disproportionné. Ce fut sur ces bases, au moins spécieuses, dans le cas où elles ne seraient pas fondées en droit, qu'il établit sa réponse. Cyprien l'écouta paisiblement; puis, secouant la tête quand il eut fini, il reprit la parole.

« — Ce n'est pas vous, Monsieur, qui êtes coupable, ni vous qui vous êtes engagé; il vous est permis de refuser votre consentement sans que personne vous en demande compte; mais votre fils, celui-là, pensez-vous qu'il puisse dire sans être blamé par les gens de bien : J'ai pris un faux nom,

j'ai enlevé à une honnête fille sa vertu et
ses droits à l'estime publique, et maintenant que j'ai abusé d'elle, je l'abandonne là
sans plus m'occuper de ses regrets et de sa
position. »

« — Vous êtes sévère, monsieur Cyprien. »

« — Je suis juste, monsieur le Comte,
et j'aime tant votre fils que je le voudrais
pur comme..... moi, » allait dire le jeune
homme ; mais il eut honte de sa vanité ; il
s'arrêta et rougit. M. de Nertal apprécia
cette modeste hésitation, et il souffrit d'être
inférieur, au moins jusqu'ici, à ce simple
ouvrier. Cyprien poursuivit :

« — Adolphe est jeune ; on me dira
qu'il n'est point majeur : c'est vrai ; mais ne
jouit-il pas de tous ses droits de citoyen ?
n'est-il pas placé honorablement auprès
d'un prince ? se conduit-il en enfant dans
toutes les relations de la vie ? Non ; il est,
à ce que l'on dit chez les avocats, émancipé de fait ; enfin ce ne sera que pour em-

pêcher son mariage avec une pauvre fille
que l'on voudra conserver des droits sur
lui. »

« — Je sens tout ce que vous dites ; néanmoins, comme je ne suis pas amoureux,
je puis être raisonnable ; je tiens au bonheur de mon fils, je ne l'exposerai pas lé-
gèrement. »

« — Et à sa réputation, à la manifestation de sa probité, n'y tiendrez-vous pas
aussi, Monsieur ? Que ferez-vous le jour
où, placé entre mon devoir et mon amitié, le premier l'emportera sur l'autre ; le
jour où, en ma qualité de frère de choix
de mamzelle Thérèse et de tuteur de son
malheureux enfant, il me faudra élever la
voix contre un séducteur et un père déna-
turé lorsque je devrai l'accuser de mauvaise
foi ? »

« — Vous le feriez, Monsieur ? » s'é-
cria le comte en se reculant de Cyprien.

« — Certainement ; car puisque j'ai pris
la charge de défendre deux innocentes

créatures, je dois en remplir les devoirs,
quoique je ne sois qu'un ouvrier. »

« — Vous êtes un homme bien redou-
table, répondit le comte ; vous feriez trem-
bler le cœur le plus hardi. »

« — Je m'appuie sur Dieu et sur mon
droit ; avec cela, m'a dit le respectable curé
qui m'a fait faire ma première communion,
on a toujours de la force de reste. »

M. de Nertal soupira, puis il dit en hé-
sitant : « — Enfin que pourrez-vous alléguer
contre mon fils ? Comment prouverez-vous
sa culpabilité ? »

« — D'une manière bien facile, répliqua
Cyprien avec simplicité : j'opposerai votre
fils à votre fils lui-même ; je mettrai sous
les yeux des honnêtes gens une pièce solennelle et d'une haute importance, une promesse de mariage écrite et signée de la
main de mon ami. »

« — Une promesse de mariage écrite et
signée par Adolphe ! dit le comte en levant
les mains au ciel. Ah ! monsieur Cyprien,

vous me tuez si l'allégation est véritable. »

« — Hélas! oui, elle l'est, et en voici la preuve. Tenez, Monsieur, jugez-en vous-même; je l'ai dans mon livret. »

Et le jeune homme, avec une confiance digne des temps antiques, n'hésita pas à mettre dans la main du comte la promesse de mariage souscrite par son fils. M. de Nertal, à la seule vue de l'écriture, éprouva un tremblement visible; il prit le papier, et en fit la lecture d'une voix distincte et néanmoins brisée par la douleur.

« *Je soussigné, Adolphe, vicomte de Nertal, promets sur mon honneur, devant Dieu et devant les hommes, de prendre pour ma femme légitime Thérèse Mortier, âgée de dix-neuf ans, couturière, demeurant à Paris, rue Phelippeaux, maison de M. de Saint-Thomas, déclarant que, pour vaincre sa vertu, je l'ai indignement trompée en prenant un faux nom et une fausse qualité; que pour me réhabiliter à mes propres yeux et à ceux des gens*

de bien je dois tenir à cette pauvre
et sage fille la parole que je lui ai donnée,
déclarant en outre qu'un enfant est né de
notre amour, qu'il a été baptisé sous le
prénom de Cyprien et sous mes noms vé-
ritables, qu'en conséquence je le reconnais pour mon fils et pour l'héritier de
ma fortune.

Fait à l'hôtel de mon oncle, le duc de Gespart, et signé de ma main,

« ADOLPHE, vicomte DE NERTAL. »

Chaque parole que prononçait ce père
malheureux s'enfonçait péniblement dans
son cœur qu'elle déchirait ; une sueur froide
couvrait son corps. Bientôt les sons s'af-
faiblirent dans sa bouche, une agitation
cruelle fut sur le point de lui enlever l'u-
sage de ses sens, et Cyprien, qui l'obser-
vait, achevant de venir à lui, le prit avec
ses bras robustes, et la conduisit vers un
fauteuil voisin, où il le fit asseoir. M.
Nertal le laissa faire ; un nuage épais couvrait ses yeux, tandis qu'une larme sillon-

sa figure vénérable. Il demeura quelque temps dans cet état , et Cyprien garda un profond silence ; il souffrait à cette heure , cet excellent jeune homme, non moins que celui auquel il venait de porter un si rude coup. Le comte, enfin, revenant à lui, et faisant un appel à son courage :

« — Vous avez raison, Monsieur ; dit-il, c'est-là une pièce décisive , et à laquelle il n'y a rien à répondre ; elle est en règle, elle prouve que mon fils a pleinement agi dans sa seule volonté , et elle le déshonore s'il manque à ses engagemens. La connaissance du lieu d'où il l'a datée et où il l'a écrite le condamnerait à un blâme universel, si elle venait aux oreilles du public ; oui, cette jeune fille est certaine de son mariage, ou de pouvoir imprimer sur ma famille une flétrissure à laquelle je ne survivrai pas. »

Cyprien, par un entraînement surna-turel , après avoir écouté ce propos d'un véritable honnête homme, tomba à genoux devant le comte, et prenant sa main qu'il baisa avec un respect douloureux :

6*

« — Oh! Monsieur, s'écria-t-il, vous qui êtes véritablement la vertu sur la terre, pardonnez-moi le désespoir que je vous cause, ne m'en veuillez pas d'avoir rempli un devoir si rigoureux. Mettez-vous à ma place : je suis le parrain d'un pauvre enfant, le défenseur d'une créature non moins infortunée ; j'obéis enfin à l'ordre de l'amitié. Adolphe, par cette lettre dont vous pouvez prendre lecture, me commande d'agir comme je l'ai fait, Dieu m'a donné la force de lui obéir, puisse-t-il vous accorder celle de supporter un malheur qui vous écrase! Ah! je le vois maintenant, et jusqu'à ce jour je n'avais pu l'imaginer, que la différence des rangs établit une barrière que l'on ne peut renverser sans compromettre le bonheur à venir. »

Ce que disait Cyprien adoucit quelque peu l'amertume de la douleur du comte de Nertal ; ce dernier ne s'empressa pourtant pas de lui répondre, ses yeux demeuraient fixés sur le fatal papier, il le regardait comme portant l'arrêt de sa condamnation ; enfin , surmontant tout ce qu'il éprouvait de déchirant!

« —Tenez, Cyprien, dit-il, reprenez le titre que vous m'avez remis avec la confiance d'un cœur vertueux ; vous le garderez jusqu'à l'exécution de la promesse souscrite par mon malheureux fils. »

« —Pourquoi le reprendrais-je? répliqua Cyprien; c'est vous seul qui devez décider de son exécution, vous vous y résignez, soyez-en désormais le dépositaire, vous êtes de ces cœurs qui n'abusent pas du témoignage qu'on leur donne de la vénération qu'ils inspirent. »

« — Jeune homme, savez-vous ce que vous faites, et à quelle tentation vous m'exposez? mais, soit, je le conserverai ce papier; je ne veux pas demeurer au-dessous de votre vertu, j'irai moi-même le rapporter à la fil... à cette pauvre enfant, non moins à plaindre que moi, car qui me répond que dans l'avenir elle sera heureuse?

Quant à vous, Cyprien, vous qui, sous un extérieur modeste, cachez une de ces âmes rares, objet de l'envie des mortels, partez avec l'assurance que vous auriez suffi seul pour me faire croire à la religion si j'avais eu le malheur d'en douter, et pour me faire aimer la vertu si j'eusse été assez à plaindre que d'avoir de l'éloignement pour elle. Adolphe, qui vous devra peut-être tout ce qui empoisonnera son existence, Adolphe doit néanmoins s'enorgueillir de vous avoir pour ami. »

Une vive rougeur monta au visage de Cyprien, à cet éloge si bien mérité; le comte cependant le releva, car il était demeuré à genoux devant lui jusqu'à ce moment, et l'embrassant avec une générosité sans exemple : « — Cyprien, lui dit-il, plaise à Dieu que vos enfans, si jamais vous êtes père, se conduisent comme vous, et ne déchirent jamais votre cœur! »

Le jeune ouvrier, une seconde fois reprit la main du comte, et y déposa la marque de sa reconnaissance respectueuse.

« — Monsieur, dit-il, il y a véritablement des nobles en France; vous venez de
me le prouver, et je suis heureux d'en être
convaincu. »

Ce furent les dernières paroles que ces
deux hommes, si dignes de s'apprécier réciproquement, prononcèrent dans cette
circonstance. Cyprien s'éloigna tristement,
emportant avec lui la certitude de s'être
conduit suivant les inspirations de sa conscience, et la persuasion qu'un personnage tel que le père de son ami avait
en lui quelque chose qui l'élevait au-
dessus de l'humanité. Quand il fut parti,
le comte demeura plusieurs minutes immobile à la même place; il ne pouvait se
distraire du choc qui venait de renverser
toutes ses espérances, ni détourner ses yeux
du papier d'où partait tout son malheur.
Il le lut une seconde fois avec un morne
désespoir, en pesa toutes les expressions,
tint conseil avec lui-même, et finit par s'é-
crier : « Puisque ma maison doit être
rabaissée, qu'elle le soit, du moins, sans la

perte de son honneur : un mariage inégal
vaut mieux encore qu'une parole faussée.
Pauvre Adolphe, que je te plains, et que
tu me fais de mal ! »

CHAPITRE VIII.

LE MAUVAIS CONSEIL.

> « Un avis frauduleux égare par fois
> les meilleures têtes. »
>
> RÉTIF DE LA BRETONNE.

LE comte de Nertal était une autre fois plongé dans sa rêverie mélancolique lorsque l'on entra dans sa chambre d'un pas léger et précautionneux ; ce bruit, néanmoins, attira son attention, et ayant porté un regard du côté d'où il venait, il reconnut

Régine, sa fille. Celle-ci en voyant son père
n'avait pu se dissimuler qu'une vive inquiétude ne le chagrinât; elle en devina la
cause, et elle s'approcha de lui le sourire
sur les lèvres, et les pleurs prêtes à couler
de ses yeux.

« — Vous voilà, mon enfant, dit M. de
Nertal. Ah! Régine, que j'éprouve du
plaisir à vous voir! »

« — Puissiez-vous dire vrai, mon père!
répondit la jeune fille d'une voix cares-
sante autant qu'elle était altérée; mais je
crains bien qu'elle ne suffise pas pour vous
distraire de tout ce que vous souffrez. »

« — Ton frère, ton pauvre frère, dit le
comte en cachant son visage dans ses mains,
celui-là trouble cruellement mon repos,
sans que le sien soit plus tranquille. »

« — Oui, mon père, reprit Régine en
laissant tomber des larmes; ce cher Adolphe est bien malheureux, il a commis une
grande faute, celle de s'engager sans votre
consentement; mais croyez qu'il en éprouve

une douleur égale à la vôtre, et que son désespoir est entier de vous tourmenter ainsi. »

« — Je n'en doute pas. Je connais le cœur de mes enfans, et à travers la folie d'A- dolphe je retrouverai toujours sa vertu. Ah! ma fille, dans quelle position affreuse il me place ! je voulais l'arracher à un amour que je ne croyais qu'insensé, et maintenant je ne puis combattre contre lui sans le déshonorer complétement. »

« — Quoi ! vous consentiriez... »

« — Je ne consens à rien, Régine, je laisserai faire, parce que si je m'opposais, je compromettrais cette vieille réputation de probité, noblesse première de mon an- tique famille. Au reste, ma fille, reprit le comte avec une affectation de fermeté qui n'était pas dans son cœur, si je ne dis rien lorsque votre frère va contracter une més- alliance je dois me disculper de mon inac- tion devant vous, devant votre mère et devant nos proches ; je suis forcé d'agir

ainsi, parce qu'Adolphe s'est engagé irrévocablement, parce que son honneur ex-
posé tient trop au mien pour que je veuille
qu'on le flétrisse d'un seul reproche. Voilà
une pièce terrible dont on ferait contre lui
une arme qui nous atteindrait tous; il y a là-
dedans des choses que dans une autre circonstance j'aurais craint de vous faire lire, mais
au moment où nous nous trouvons, vous
ne pouvez pas être non plus à l'abri d'une
souillure. Lisez-le donc ce titre fatal, ce
titre qui vient d'acquérir une force irrésistible, dès qu'on n'a pas balancé à me la
confier.

Le comte le présenta en tremblant à sa
fille; Régine le prit avec une égale émotion,
le parcourut d'un coup d'œil rapide, rougit,
et puis le rendant à son père. « — O ma
cousine, dit-elle, chère Honorie, que je te
plains! tu seras malheureuse comme les
autres, et je ne pourrai plus te saluer du
doux nom de sœur. Au reste, mon père,
poursuivit Régine en empruntant une por-
tion d'héroïsme à l'auteur de ses jours, »

est une justice que je dois rendre à la pauvre fille qui trouble ainsi notre maison : c'est que dans sa condition obscure, c'est une créature parfaite, un ange de candeur et de simplicité ; le hasard me l'a fait connaître en me contraignant à l'aimer, lorsque, certes, j'étais loin de m'attendre à tout le chagrin qu'elle devait nous causer. »

Régine, après ce début, reconnaissant combien le comte avait droit à lui en demander l'explication, répéta mot à mot la scène qui avait eu lieu chez le duc de Gespart, lorsque Thérèse, se croyant seule avec la femme de charge, avait en pleine confiance raconté son histoire touchante.

« —Nous vîmes parfaitement en elle une personne innocente, séduite par un homme habile ; et Honorie fut même plus loin que moi, car elle approcha presque de la vérité en soupçonnant que cet amant ne pouvait appartenir à la classe vulgaire. »

« — Ainsi votre cousine est instruite de tout ? »

« — Elle l'est des aventures de Thérèse Mortier, sans pour cela qu'elle se figure encore combien elle et moi étions intéressés dans ce funeste récit. »

« — Il faudra qu'elle en soit bientôt informée. »

« — Ah! retardons le plus possible cette confidence qui doit lui faire tant de mal. Certainement c'est elle que je voudrais pour sœur; mais quelle que soit la tendresse que je lui porte, je n'ai pu m'empêcher de rendre devant vous hommage à la vérité. »

« — Régine, je vous en estime davantage; songez, ma fille, que dans toutes les positions de la vie il faut sacrifier ses affections à son devoir. Il est heureux pour nous, au moment où se contractera une alliance autant disproportionnée, d'avoir l'entière certitude que celui qui nous est si cher malgré sa faute n'aura pas dans sa femme une compagne absolument indigne de lui. »

Robertin vint interrompre la conversa-

tion du père et de la fille. La marquise de
Nertal faisait demander le premier, elle
avait besoin de lui parler sur-le-champ. Le
comte, depuis la veille, n'avait pas vu sa
mère, qui, après le dénouement de la scène
horrible dont elle avait été l'actrice principale, s'était renfermée dans son appartement tout le reste du jour sans vouloir y
admettre même ses enfans. Les gens de son
service intérieur avaient dit qu'elle passa les
heures de sa retraite dans des convulsions
de colère et de désespoir propres à les épou-
vanter. Elle s'était traînée avec peine dans
un cabinet voisin de son lit, s'y était renfermée, et en était ressortie au bout d'une
heure portant avec elle des papiers; elle
employa du temps à les relire, puis elle
les cacheta en plusieurs endroits avec le
blason de ses armes, et déposa le paquet
dans un secrétaire particulier où elle n'en-
fermait que les objets les plus précieux.

Le comte, inquiet de ce que sa mère lui
voulait, se hâta de se rendre à ses ordres.

Il s'aperçut en entrant qu'elle devait avoir
passé une mauvaise nuit; ses traits étaient
altérés, et ses yeux, vifs encore, ne lançaient plus qu'une flamme prête à s'étein-
dre. Elle reçut son fils avec une gravité solennelle, et répondit vaguement à la question qu'il lui fit sur l'état de sa santé. La
marquise dans ce moment n'était point
seule, deux individus avaient précédé le
comte dans sa chambre : c'étaient le père
Poulvant et le colonel Mongervel; tous les
deux s'empressèrent de saluer le survenant,
et d'échanger avec lui des paroles bien-
veillantes. Cela fait, la marquise les invi-
tant à s'asseoir, réclama leur attention pour
ce qu'elle allait dire.

« — En voyant le retour en France de
l'ordre et de la race de nos anciens rois, je
m'étais persuadée que la monarchie, raf-
fermie sur ses anciennes bases, reprendrait
tous ses erremens; je me flattais que chaque ordre de l'état jouirait de ses privilé-
ges, et qu'une odieuse confusion n'aurait

plus lieu. Je me suis trompée : une loi insolente commande à tous, égalise tous les
rangs, et les moyens secrets d'assurer le
repos des familles n'existent plus ; une misérable créature peut consommer le déshonneur d'une noble famille en venant en
faire partie, et ceci a lieu maintenant dans
la mienne. J'ai voulu hier tenter d'épou-
vanter une fille perdue, et le succès n'a
pas répondu à mon attente. Celui qui aurait dû l'abandonner à mon courroux a
voulu au contraire prendre sa défense,
et je suis restée vaincue par une malheureuse à laquelle je ne puis penser sans fré-
mir. Mon infortune s'est-elle bornée là ?
non, elle a été plus loin : j'ai entendu mon
confesseur, celui que j'ai investi de ma
confiance, ne pas craindre de dire devant
moi que mon petit-fils était obligé de contracter un mariage de conscience. J'ai vu
mon fils supporter indifféremment une folie qui le frappe autant que moi, et jusqu'à cet ami, le colonel Mongervel, demeurer tranquille en face d'un misérable

souteneur d'une fille perdue! Je me suis
recueillie en moi-même, et me suis demandée ce qu'il y avait à faire; ma raison
est venue m'enjoindre de me séparer à jamais de ceux de mes proches qui ne mar-
cheront pas d'accord avec moi. Cependant, avant de venir à cet acte cruel, j'ai
voulu une dernière fois vous rassembler
tous les trois pour apprendre de votre bouche ce que vous voulez faire, et si vous
êtes décidés à m'abandonner. »

« — Madame, répliqua Mongervel le
premier, j'étais loin de me croire coupable à vos yeux; moi qui, dans l'intérêt de
votre maison, tiens vis-à-vis d'Adolphe,
mon ami, une conduite peut-être repré-
hensible, devez-vous m'accuser de ce que
j'ai fait hier? Vous me chargez d'amener
chez vous une personne qui, à juste titre,
vous est odieuse, je le fais; vous la traitez
durement peut-être; un jeune homme,
son ami sincère, la défend avec douceur;
il est aussi tendrement aimé du vicomte
Adolphe; devais-je m'emporter contre

lui? c'eût été un duel singulier que celui d'un colonel avec un garçon menuisier! »

« Le ton piqué avec lequel Mongervel s'exprima parut ne pas déplaire à la marquise ; on eût dit qu'elle était charmée de rencontrer de la fierté véritable là où elle n'en soupçonnait pas : loin de lui répondre cependant elle se tourna vers l'abbé, et, par un geste, lui fit entendre qu'elle attendait sa justification. Il s'exprima en ces termes :

« — J'ai dit, Madame, et je le répète sans crainte, que le vicomte de Nertal est obligé à un mariage de conscience. Voilà ma première proposition ; je la maintiens bonne ; mais ce mariage ne l'oblige que tout autant que la jeune fille le réclamera de lui. Si elle consent à renoncer à ses droits, votre petit-fils redevient libre pleinement. C'est la seconde proposition qu'il ne faut pas disjoindre de l'autre. Maintenant tâchez d'obtenir le désistement de la couturière, et le prétendu pourra contracter un autre mariage. Je regarde celui-là

comme une chose honteuse et à laquelle
vous autres, qui n'avez rien promis, devez-vous opposer de tout votre pouvoir. »

Le comte de Nertal, voyant que c'était à
lui de s'expliquer, et connaissant la violence
de sa mère, eût voulu pour beaucoup pouvoir éviter de parler. La chose était difficile alors, et, ne prenant de conseils que
de sa loyauté, il se décida à frapper un
coup qu'il savait devoir être terrible.

« — Je souhaiterais, dit-il, au prix de
tout mon sang, satisfaire ma mère et me
ranger de son parti ; je voudrais pouvoir
conserver la liberté que j'avais hier encore
d'user de mon droit de père pour reculer
le mariage de mon fils jusqu'à la majorité
de celui-ci ; mais, depuis ce matin, mes désirs et ma volonté ont été violentés d'une
façon irrésistible. L'ami de mon fils, ce
vertueux jeune homme que j'admire autant
que j'estime, est venu, au nom de la jeune
fille et de l'enfant qui en est né, me présenter ce titre écrit tout entier et signé de

la main de mon fils ; je vais vous en faire la lecture. »

Le comte sortit de son porte-feuille la promesse de mariage, la lut distinctement, et, sans paraître apercevoir le geste que la marquise lui faisait pour qu'il la lui fît passer, il la renferma dès qu'il l'eut fait connaître.

« — Eh bien, mon fils, dit la dame en tremblant de fureur, que prétendez-vous faire ? »

« — Obéir à la nécessité ; car, ajouta le comte avec une sévérité majestueuse, je ne souffrirai jamais que mon fils soit flétri du titre de parjure ; sa condamnation et la nôtre sont écrites sur ce papier. »

Le courroux de la marquise ne se manifesta que par les éclairs que ses yeux recommencèrent à lancer. Elle garda un profond silence.

« — Le doigt de Dieu est là, » dit le père Poulvant.

« — Sur l'houneur ! s'écria le colonel avec consternation, si Thérèse Mortier ne donne pas son désistement, Adolphe est un homme perdu! »

« — Vous aussi! dit enfin la marquise; ah! vous jouez pourtant gros jeu! »

« — Ne m'en veuillez pas, Madame, si je ne réponds pas à vos désirs dans cette circonstance, répliqua Mongervel, mais le vicomte est un homme déshonoré s'il ne veut plus épouser mademoiselle Mortier! »

Un gémissement effrayant fut tout ce que put répondre la vieille dame, et sa tête tomba sur son sein. Nul de quelque temps ne prit la parole; le père Poulvant fut celui qui s'en empara le premier.

« — Que saint Ignace nous protége! Oui, le colonel a raison; votre fils est perdu si cette fille est exigeante. Mais pourquoi ne pas s'adresser à elle? je lui crois de la vertu et de la religion. Si sa piété est sincère, et si, comme il le paraît, elle est simple, peut-être la ferons-nous consentir au sacrifice nécessaire. Je veux aller lui parler. »

« — J'irai vers elle avant vous, répli-

qua le comte; peut-être aura-t-elle pitié de
ma douleur. »

Le colonel secoua la tête, et la marquise
relevant la sienne :

« — Allons, ce sera un beau jour que
celui de ces noces abominables ; je veux y
ouvrir le bal avec un homme qui vit peut-
être encore, ou tout au moins avec ses
descendans. On se rappellera long-temps
de cette solennité, où je me charge de
compléter le déshonneur de la famille de
Nertal sans qu'il lui soit possible de jamais
s'en relever ! »

Ceci fut dit avec un tel accent de rage,
que chacun des auditeurs frissonna dans
tout son corps.

CHAPITRE IX.

LE PÈRE ET LA MAITRESSE.

« Lorsqu'on a les vertus que vous faites paraître,
On est du sang des dieux, ou digne au moins de l'être. »
CRÉBILLON, *Atrée*, acte III, sc. I.

CYPRIEN Aimar ne pouvait revenir du
sentiment de vénération profonde que la
magnanimité du comte de Nertal lui inspirait. Il reconnaissait, sans que son amour-
propre en souffrît, combien ce seigneur
était digne du haut rang qu'il occupait dans

la société; il admirait avec quel courage
cet homme respectable avait immolé à la
conservation de son fils ses espérances les
plus chères, les projets de toute sa vie et
les séductions d'un orgueil légitime. D'une
autre part il s'applaudissait de la démarche
qu'il avait tentée; elle amènerait, pensait-
il, le plus heureux résultat. Cyprien ne
conçut pas une seule crainte sur le sort du
papier important confié à M. de Nertal; il
savait trop combien le comte était au-dessus d'une action vile, et il voyait que dans
une telle âme tout devait être grand et généreux.

Thérèse, qui ne savait pas ce qu'il avait
entrepris, le vit revenir plus joyeux qu'à
l'ordinaire. Il fut à elle: « — Tout va bien,
Mamzelle, tout va bien. Ayez un peu de
patience, et vous aurez incessamment un
vrai motif d'être satisfaite. »

A la suite de ce préambule il lui raconta
ce qui s'était passé entre lui et le père de
son ami, et de quelle manière M. de Ner-

tal avait fait connaître qu'il ne s'opposerait
plus à la volonté de son fils. La nouvelle
était trop douce pour ne pas être accueillie
avec délice. Elle transporta Thérèse et la
rendit la plus heureuse des femmes. Elle
ne se figura plus que des obstacles pussent
s'élever entre elle et son amant, et la légè-
reté naturelle à la jeunesse lui fit presque
oublier la scène affreuse de la veille, tellement elle conçut une meilleure idée de la
journée du lendemain.

Elle communiqua son contentement à
Jean-Baptiste lorsque celui-ci fut venu. La
surprise qu'il en ressentit fut extrême, et
lui pourtant ne se livra à la joie qu'avec
défiance. Son père avait bien dit qu'il ne
s'opposerait pas à son mariage, et non qu'il
y donnerait la main. Il ne lui en avait rien
dit durant cette journée, et même il l'avait
trouvé plus sombre et plus soucieux qu'à
l'ordinaire. Cependant les paroles que Cyprien rapportait étaient précises, et le comte
s'était engagé à venir le jour suivant remettre dans les mains de Thérèse ce qu'on

lui avait confié. Adolphe pesa dans son jugement toutes ces circonstances. Elles lui plaisaient, sans cependant qu'il y trouvât pleine matière à se tranquilliser. Au demeurant, la crainte de se rencontrer chez Thérèse avec son père le décida à ne point passer la nuit rue Phelippeaux; il alla dans son hôtel chercher un repos qu'il lui fut impossible de trouver.

La nuit est cruelle à ceux qui attendent, qui craignent ou qui espèrent. Adolphe demeurait en proie à cette triple incertitude, et il se sentit péniblement frappé lorsque Joseph, qu'il avait mis en embuscade pour connaître les mouvemens de son père, vint lui dire que le comte était sorti à huit heures du matin, vêtu d'une simple redingote et à pied. Il fut impossible au vicomte de rester seul plus long-temps; ne sachant si son père se rendrait de suite chez Thérèse ou s'il y viendrait plus tard, il ne songea point à se rapprocher d'elle avant qu'il se fût retiré; et pour passer le temps, il courut chez Amédée d'Erbeuil, qui dor-

7*

mait encore, et qui resta presque épou-
vanté de cette visite matinale.

Le comte de Nertal, avant de se lever,
adressa du plus profond de l'âme une prière
fervente au souverain créateur de toutes
choses; il lui demanda la force dont il
avait besoin, et surtout les lumières qui
pussent éclairer sa conscience. Les intentions de M. de Nertal étaient pures, et cependant, à tel point la force des préjugés
est puissante, il s'aveuglait dans sa propre
cause, et ne se décidait pas à un sacrifice
que la probité commandait. Je ne sais jamais peindre des caractères irréprochables
sous tous les points, parce que je ne crois
pas qu'ils existent dans la nature : il n'y a
pas de perfectibilité complète ; notre cœur
pêche toujours par quelque côté. Le comte,
par exemple, était très-décidé à laisser marier son fils avec Thérèse, si Thérèse le
voulait impérieusement, et néanmoins il
aurait donné la moitié de sa vie pour que
cette mésalliance n'eût pas lieu. Il regret-
tait la jeune fille ; mais il ne sentait pa

d'une façon victorieuse qu'une réparation éclatante lui était nécessaire ; il voyait l'honneur de la maison de Nertal plus compromis que celui de Thérèse offensé.

Celle-ci, qui attendait la visite de son beau-père futur, n'était pas non plus à son aise, bien qu'elle n'en redoutât rien de fâcheux ; elle s'imaginait qu'il voulait la connaître avant de s'expliquer définitivement, et lui ne devait pas beaucoup la tourmenter. Cependant elle n'était point tranquille ; une vague inquiétude qu'elle ne définissait pas agitait son âme. Il lui vint une fois dans la pensée d'aller chercher son fils pour le présenter à son aïeul. Une funeste inspiration lui fit repousser ce moyen de séduction légitime ; elle craignit de montrer de la méfiance, et elle se livra sans auxiliaire à la fortune, dont elle attendait le secours.

Ah ! comme son cœur battit lorsqu'elle entendit dans le corridor le pas lent et grave d'un homme âgé. Elle était seule. Cyprien et Sophie étaient demeurés dans la cham-

bre de cette dernière, demandant, eux aussi,
au ciel que tout se terminât à leur gré. Le
comte, accompagné du colonel, qui lui avait
offert de donner à Adolphe cette dernière
marque d'amitié, arriva dans la maison de
M. de Saint-Thomas. La mère Michel,
toujours plus étonnée des liaisons de Thérèse avec de hauts personnages, car le rang
du comte éclatait dans toute sa personne, en
dépit de la simplicité de ses vêtemens, leur
indiqua la route de la chambre de Thérèse,
que Mongervel connaissait déjà. M. de Nertal demanda en même temps si M. Cyprien
Aimar était encore chez lui ; et sur la réponse affirmative, il en témoigna quelque
contentement. Parvenus à l'étage des mansardes, le colonel s'arrêta dans le corridor, et le comte vint frapper à la porte
de Thérèse. Celle-ci se trouva à peine le
courage nécessaire pour inviter à entrer
celui qui frappait ; et malgré tout son désir de se montrer agréable à M. de Nertal,
elle ne put d'abord se lever de sa chaise,
et une pâleur effrayante manifesta son

émotion intérieure. Le survenant s'en aperçut.

« Vous souffrez, Mademoiselle, lui dit-il d'une voix troublée. Ah ! croyez que mon cœur n'est pas moins agité. Ne vous levez pas ; vous n'en auriez point la force. Souffrez que moi-même je me repose ; je ne me sens pas mieux que vous. »

En parlant ainsi, le comte de Nertal s'assit sur le vieux fauteuil de velours d'Utrecht où son fils avait si souvent pris sa place. Thérèse, le voyant là et retrouvant sur ses traits fatigués toute l'expression de ceux d'Adolphe, ne put s'empêcher de tressaillir. Il lui sembla voir l'ombre de son amant prenant congé d'elle, et ne devant plus revenir. Ceci lui parut un pressentiment funeste, qu'elle chercha à repousser. « Hélas ! se disait-elle en son cœur, est-ce un sentiment de tristesse que le père de Jean-Baptiste devrait m'inspirer ? » M. de Nertal de son côté admirait cette physionomie ouverte, fraîche et naïve ; ce visage rond,

si doux et si gracieux à la fois; ce col blanc
et pur dans son contour, et ces cheveux
cendrés qui tombaient à grosses boucles
lorsqu'ils n'étaient pas retenus sous le bon-
net de la grisette parisienne. Les yeux de
Thérèse, grands et fendus, étaient d'une
couleur indéfinissable, et cependant rien
n'égalait leur charme et leur sérénité, non
que parfois ils ne lançassent des flammes
ardentes, quand l'amour les animait; mais
ordinairement ils demeuraient tranquilles
comme l'âme dont ils représentaient les
chastes émotions. Le comte voyait avec
une peine véritable le trouble qu'il allait
apporter dans cette aimable fille; et, pour
s'y décider, il fallut qu'il jetât un regard
sur sa position sociale et sur les devoirs
que, comme père, il avait à remplir.

« — Mademoiselle, dit-il, mon fils vous
aime, et je crois qu'il est payé de retour;
il voudrait en homme d'honneur vous tenir la parole qu'il vous a donnée, et retirer
en face de la loi cet engagement écrit, qui
ne lie cependant que sa probité. J'ai cru

Mademoiselle, qu'il ne convenait pas de le démentir, et je suis venu vous en assurer moi-même et vous rendre cette pièce qui vous appartient. »

En disant ces derniers mots il tendit la pièce importante à Thérèse, qui la prit sans savoir ce qu'elle faisait, et la posa sur la cheminée. Certainement d'après les paroles du comte elle devait être heureuse, et pourtant il n'en était rien; la bouche seule de M. de Nertal avait parlé, le cœur était resté indifférent, ou peut-être même contraire au consentement qu'il venait de donner. Thérèse le reconnaissait malgré sa simplicité; aussi n'eut-elle pas le courage de le remercier. Elle resta devant lui sans rien dire, et déjà des larmes remplirent ses yeux.

« — Je souhaite, poursuivit le comte, que ce mariage vous rende heureux tous les deux... »

« — Il le sera, mon respectable Monsieur, répondit enfin la jeune fille, si vo lui donnez votre bénédiction. »

« — Mon enfant, reprit M. de Nertal, je suis fâché de ne pas faire ce que vous désirez, mais cette bénédiction je ne vous l'accorderai pas. »

« — Vous nous la refuseriez, Monsieur ! »

« — Oui, Mademoiselle ; vous n'êtes point la belle-fille de mon choix ; votre mariage, je vous le dis à regret, mais je dois vous le dire, portera le désespoir et la zizanie dans ma maison ; il vous sera fatal à l'un et à l'autre, et je m'en voudrais certainement si, par aucune condescendance, j'aidais à nous rendre tous infortunés. »

« — Oh ! Monsieur ! s'écria Thérèse en joignant ses mains, Cyprien nous a donc étrangement trompés ; il affirmait que je serais mariée à Jean-Baptiste, et cela de votre consentement. »

« — Monsieur Cyprien ne vous a pas induite en erreur. Oui, vous pouvez prendre Adolphe pour mari, je ne m'y oppose point, puisque je ne pourrais y mettre obstacle qu'en le déshonorant à mes yeux ;

mais à cela seul se borne le rôle que je me réserve dans cette triste affaire. Je n'enlèverai à mon fils aucun des avantages que la loi lui accorde, et qu'il tiendra de mon amitié; sur ce point lui et vous soyez tranquilles. Quant à ce qui est d'occuper une place auprès de moi, d'obtenir que je voie avec plaisir une alliance qui me rend le plus malheureux des hommes, c'est ce que ni lui ni vous n'obtiendrez jamais ; j'ai voulu vous en prévenir à l'avance. Passé ce jour-ci je ne vous reverrai plus, et mes regards se détourneront de dessus vos enfans. »

« — Et vous appelez cela consentir à notre mariage, et c'est ainsi que vous punirez Jean-Baptiste de me rendre heureuse ! Ah, Monsieur ! je vous en supplie, vous qui êtes si bon pour tout le monde, ne soyez pas cruel seulement pour moi. »

« — Ce n'est point cruel que je suis, c'est juste. J'avais depuis longues années pris plaisir à choisir ma belle-fille : c'était ma nièce ; elle est belle, elle est vertueuse,

IV.   8

elle offre à ma maison tous les avantages
qui sont nécessaires aux gens de mon rang;
elle a ma tendresse, celle de ma femme,
de ma fille. Elle aime son cousin germain,
que dès son enfance elle est accoutumée à
regarder comme son mari; tout ce que dans
le monde on nomme convenances sociales
se réunissait pour faire de ceci un heureux mariage, et vous que je ne connais
pas; vous que, malgré vos qualités précieuses, certaines personnes de ma famille ne
voudront jamais fréquenter, vous préten-
-driez que je sacrifiasse l'espérance de toute
ma vie à la passion de mon fils? Cela
ne peut être, Mademoiselle; contentez-
vous d'être la femme d'Adolphe, mais ne
vous flattez point d'obtenir une place dans
mon cœur. »

« — Mon Dieu! dit Thérèse avec une
douleur inexprimable, que t'ai-je fait pour
me frapper avec cette rigueur? Je suis
bien criminelle sans doute, mais dois-tu
me punir d'une faute que j'ai commise par
imprudence? Hélas! hélas! je suis comme

la pastourelle de la romance de Sophie, et comme elle je mourrai infortunée, puisque mon mariage ne s'accomplira pas. »

« — Vous avez tort de former un doute là-dessus, reprit le comte ; vous serez mariés puisque Adolphe le veut. »

« — Et si vous ne le voulez pas, pensez-vous que je le veuille? Lui porterai-je à ce cher ami pour unique dot la haine de ses parens, et peut-être la malédiction de son père ? l'isolerai-je sur la terre ainsi que je le suis en ce moment? Non, non, ceci ne sera pas, et vous pouvez reprendre votre parole, je vous la rends, je n'en veux plus. »

« — Jeune fille, dit le comte avec enthousiasme, tandis qu'un désespoir extrême se manifestait sur sa figure, je reste aujourd'hui bien au-dessous de vous ; on dit que je suis un homme de bien, on se trompe : je possède toute la faiblesse de ceux de mon rang, j'ai leurs préjugés et rien au-delà. Plaignez-moi et ne m'en veuillez pas : je possède un fils unique; je l'avais élevé pour

monter aux premières dignités de la couronne, je lui avais trouvé une épouse ac-
complie, qui satisfaisait à la fois mon cœur
et mon orgueil paternel; je voyais cet enfant marcher dans une brillante carrière
où le maintenaient ses vertus et ses alen-
tours. Eh bien! vous êtes venue, et tout ce
rêve s'est évanoui. Adolphe, dégradé aux
yeux du monde dès qu'il sera votre époux,
devra abandonner la cour et la société de
sa famille. On lui reprochera avec amertume et avec raison sa conduite envers sa
cousine; personne ne voudra le voir. Il est
fier, il est impétueux; il aura trop de mépris
à supporter, trop d'affronts à braver pour
se tenir tranquille; il en cherchera la vengeance, et peut-être sera-t-il tué parce
qu'il aura voulu se rabaisser volontairement. Ah! Mademoiselle, il y a des préjugés terribles que l'on attaque sans cesse,
et qui triomphent toujours.... »

« — Monsieur! Monsieur! s'écria Thérèse en sanglotant, vous m'en avez assez
dit; je ne veux pas qu'on tue Jean-Baptiste,

je le veux heureux et pas méprisé. Eh bien!
puisque c'est moi qui le séparerai de ses
amis, de sa réputation et de l'amour de son
père, c'est moi qui dois lui rendre tout
cela. Cyprien, poursuivit-elle en élevant
la voix, Cyprien, venez vite, venez, j'ai
besoin de vous. »

Aux cris déchirant qui éclataient dans cet
appel, le jeune homme accourut en même
temps que Sophie Loblin, et le colonel Mongervel parut lui aussi à la porte de la
chambre.

«—Cyprien, dit Thérèse avec une exalta-
tion surnaturelle, on m'annonce que je serai la cause de la mort de mon amant; on
me dit que je suis indigne d'être sa femme,
et que si j'en porte le titre je le déshonore-
rai; je ne suis pas riche, je ne suis pas noble, ce sont là mes torts, ceux qu'on ne
peut me pardonner. Eh bien! mon ami,
je veux prouver que dans ma bassesse je
suis une honnête fille, qu'il y a de l'honneur dans mon sang autant que dans le
plus noble de France. Je renonce donc so-

lennellement devant vous, devant vous l[e]
plus digne des hommes, devant Sophie qu[i]
est comme moi une bonne fille, et devan[t]
ce monsieur que je vois là-bas, et qui l[e]
premier peut-être est la cause de mon mal[-]
heur ; je renonce donc solennellement au[x]
droits que le sacrifice de ma vertu me don[-]
nait sur Jean-Baptiste, et à ceux que cet[t]
écrit m'accorde à la main du vicomte
Adolphe de Nertal. Je fais le serment so[-]
lennel, sur la tombe de ma chère mère et d[e]
madame Nicolas qui la remplaça près de
moi, de vivre et de mourir seule et désho[-]
norée, et cela avec le secours de Dieu qu[i]
m'assistera certainement. »

Elle dit, et épuisée par la violence d[u]
sentiment sublime qui l'agite, elle penche
sa tête sur l'épaule de Sophie, qui pleurai[t]
comme elle, et paraît ne plus faire atten[-]
tion à ce qui se passe à l'entour. Le silenc[e]
solennel qui s'ensuivit ne fut pas troublé
chacun des spectateurs de cette déclaratio[n]
imposante avait trop à penser à ses suites
pour ne pas se recueillir. Le comte d[e]

Nertal, le front baissé, paraissait là dépourvu de sa majesté ordinaire; le héros du monde avait été vaincu par la pauvre fille du peuple; la magnanimité lui échappait. Il le reconnaissait, et c'était sans doute le plus grand sacrifice qu'il pût faire à l'amour qu'il portait à son fils. Certes, loin d'accepter tout ce qu'abandonnait Thérèse, il l'eût forcée lui-même à devenir sa bru s'il n'eût pas eu la conviction intime que ce mariage ne pourait pas être heureux; mais persuadé que l'avenir de ces deux êtres intéressans serait troublé par des regrets alors inutiles, il se montra inexorable, et cela dans leur avantage; il le croyait du moins. Cependant conservant toujours la loyauté de son caractère:

« —Mademoiselle, dit-il, je me croirais coupable si je profitais d'un mouvement désordonné; revenez à vous, décidez avec plus de calme de votre sort futur. Vous êtes mère, vous avez un enfant, et peut-être devez-vous insister pour lui. »

C'était éprouver bien cruellement cette

âme si passionnée ; Thérèse releva la tête,
sembla chercher dans le ciel sa réponse.
On vit combien elle eut à souffrir pendant
le combat intérieur qu'elle se livra avec
elle-même ; mais enfin triomphant ici
comme elle avait triomphé déjà

« — Je ne veux pas que mon fils coûte la
vie à son père. Vous savez, Monsieur, de
quelle mort funeste vous avez menacé celui-ci ; Jean-Baptiste aurait donné son
sang pour ce cher enfant. Eh bien ! il faut
que le jeune Cyprien immole son nom à son
père ; il restera le bâtard de la noble famille de Nertal ! »

Le comte tressaillit à ces derniers mots ;
il allait répondre, entraîné par une inspiration de son cœur. Mongervel s'en aperçut, et prenant la parole :

« — Le sort, dit-il, de cet enfant fera
envie encore à de bien puissantes familles.
Il est reconnu par son père sur les registres
de l'état civil, et son aïeul, pour achever de
l'incorporer aux Nertal, y mettra le sceau
de son consentement. »

Thérèse regarda avec effroi Mongervel, qui lui aussi éprouvait un sentiment bizarre en présence de cette malheureuse créature. Sophie Loblin, intimidée par la présence d'un seigneur tel que le comte, n'osait rien dire, et Cyprien déplorait que celui-ci ne fût pas supérieur au reste de l'humanité; il voulut essayer lui aussi quelques mots de représentation à Thérèse; mais elle prenant la parole avec fermeté :

« — Mon ami, dit-elle, vous parleriez inutilement, tout est consommé : la pauvre fille n'épousera pas le grand seigneur. Tout ce que je demande c'est ce qu'on me fournisse les moyens d'éviter Jean-Baptiste; si je le revoyais, je ne répondrais pas de lui causer un plus grand chagrin, celui de me tuer à ses yeux... Oui, Monsieur, j'en serais capable, puisque sa vie est attachée à ce qu'il ne m'épouse pas. »

« — O Thérèse ! dit Sophie toute en larme, te perdrai-je ainsi? »

« — Non, Mademoiselle, vous ne la

perdrez pas; il serait affreux même de vous séparer de cette digne personne quand elle a tant besoin des consolations de l'amitié. Voulez-vous aller avec elle? votre sort commun en sera plus heureux. »

Sophie ne balança point à donner à son amie la preuve d'attachement que celle-ci pouvait espérer d'elle, et Mongervel continuant à s'emparer de la conversation tandis que le comte et Cyprien demeuraient étrangers à ce qui se faisait autour d'eux, déroula les diverses parties d'un plan qu'il avait préparé à l'avance avec la marquise. Il parlait encore lorsque Cyprien, s'adressant à M. de Nertal, essaya de défendre la jeune fille avec cette véhémence d'une âme élevée qui est décidée à se sacrifier toujours au bonheur d'autrui. Thérèse en l'écoutant eut un instant d'espérance, mais la réplique du comte la lui ravit. Dès que Cyprien l'eut entendue :

« — Je ne veux pas, dit-il, que mon ami m'accuse d'avoir abandonné sa cause; je déclare que je m'oppose en son nom à tout ce qui va avoir lieu ; je cours le chercher, et peut-être dans sa tendresse trouvera-t-il plus de courage que cette pauvre fille n'en a rencontré dans sa vertu. »

Il s'élança dans le corridor malgré les appellations qui lui furent faites.

« — Tout est perdu ! » dit le comte à Mongervel.

« — Tout est gagné ! répliqua celui-ci ; il ne trouvera pas Adolphe, et nous aurons quitté Paris avant son retour. »

Tandis que ces mots étaient échangés à voix basse, Thérèse apercevant sur la cheminée la promesse de mariage, la prit avec une résignation muette, et la présentant au comte :

« — Recevez-la, Monsieur, dit-elle, de ma libre volonté, mais qu'elle ne soit pas détruite, je la confie à votre honneur. Je désire qu'un jour on la remette à mon fils, et qu'elle lui prouve que si sa naissance est illégitime ce n'est pas son père qu'il faut en accuser. »

« — Vous êtes au-dessus d'un ange, répondit le comte. Oh ! chère Thérèse, je ne sais maintenant si je dois accepter votre sacrifice. Honorie, toute parfaite qu'elle est, demeurera au-dessous de vos vertus.»

« — Ne revenons plus sur le passé, Monsieur ; vous avez tout dénoué irrévocablement, reprit la pauvre fille, en me faisant entrevoir que Jean-Baptiste pourrait être tué à cause de moi. C'est à sa vie que j'abandonne la mienne ; je n'existerais pas long-temps avec la crainte que j'aiderais à ce qu'on l'assassinât un jour. »

« — Mademoiselle, dit le comte, vous étiez digne d'être sa femme. »

« — Cette dernière parole sera ma consolation. Ah ! si le bonheur d'un homme pouvait venir de l'amour qu'on lui porte, croyez que Jean-Baptiste n'aurait passé que des jours heureux. »

En parlant ainsi Thérèse présentait toujours la pièce fatale ; le comte, tourmenté par ses remords, n'osait plus s'en emparer ; le colonel, qui menait de sang-froid cette intrigue dont les suites devaient être si funestes, la prit et l'enferma avec précipitation dans son porte-feuille.

CHAPITRE X.

LA NARRATION.

> « Il voyageait pour se fuir lui-même, et
> » pourtant il se retrouvait toujours en
> » face de son cœur. •
>
> ANONYME.

DEUX ans depuis la scène dernière que je viens de décrire s'étaient écoulés ; la marquise de Nertal vivait encore, et elle paraissait heureuse, car tout semblait concourir à l'accomplissement de ses vœux. Il y avait trois mois que son petit-fils, le vicomte Adolphe, était revenu du voyage qu'il avait fait en Italie après avoir passé près d'une année dans un état de douleur et de faiblesse qui avait failli à lui arracher la vie. Adolphe tout la fois s'était vu enlever et sa maîtresse chérie dont il voulait faire sa femme légitime, et l'enfant qui en était né.

Je ne reviendrai pas sur les scènes déchirantes qui eurent lieu au moment de la catastrophe; celle-ci avait été exécutée complétement, et lorsque le vicomte, amené par Cyprien qui le trouva trop tard, eut accouru à l'hôtel de M. de Saint-Thomas, il n'y rencontra plus son amie; elle était disparue ainsi que le jeune fruit de son amour; mais il vit à leur place et dans la chambre de la jeune fille, le comte son père, prosterné devant l'image de la Vierge et implorant le secours du ciel dans un moment où certes il lui était nécessaire.

Comme je désire intéresser toujours au sort d'Adolphe, je passerai sous silence les

détails de son entrevue avec l'auteur de ses
jours, et les terribles adieux qui en furent
la conséquence. Un mouvement affreux de
désespoir exposa la vie du jeune homme,
qui l'aurait terminée sur le pavé de la cour
sans la force herculéenne de Cyprien, qui
put à temps le sauver de sa propre fureur.
Mais s'il l'empêcha de terminer ses jours
par un crime, il ne put le ramener à la santé
et à la raison. Une maladie nerveuse et
violente se déclara, et la famille de Nertal,
qui n'avait pas voulu voir marier le vicomte
à la femme de son choix, fut sur le point
de le conduire à ce tombeau que sa rigueur
lui aurait ouverte.

Cyprien, dans ces heures d'angoisses, n'a-
bandonna pas son ami; il identifia en quelque sorte son existence avec la sienne, et le
docteur Simonier, quand il vit entrer
Adolphe dans sa convalescence, déclara
qu'après Dieu, le vicomte devait au jeune
ouvrier son retour à la santé; c'était là plus
qu'il n'en fallait pour rendre cher celui-ci
aux Nertal. La vieille marquise, déposant

elle-même sa fierté, voulut l'en remercier
et le fit appeler chez elle.

« — Non, Monsieur, je ne veux pas la
voir, répondit Cyprien au comte ; c'est madame votre mère, je la respecte à ce titre,
mais je n'oublierai jamais qu'elle a causé le
malheur de votre fils et de mamzelle Thérèse ! »

M. de Nertal, qui vénérait Cyprien, n'osa
pas insister ; il avait une autre grâce à demander au même personnage et il craignait
qu'elle lui fût aussi refusée. Le maître menuisier de la maison, fatigué de quarante
années de travail, se retirait avec une fortune suffisante ; son fonds venait d'être
acheté par le comte au nom de Cyprien,
et l'on craignait d'alarmer la délicatesse de
la belle âme de l'ami d'Adolphe. On avait
raison de le redouter : ce ne fut qu'à force
d'instances, de sollicitations que ce dernier
et son père purent décider Cyprien à accepter l'avantage qu'on lui offrait ; il fallut,
pour l'amener là, consentir à prendre avec
lui des arrangemens notariés qui fixèrent

8*

les époques du remboursement des sommes
avancées ; cela seul put vaincre tout ce qu'il
y avait de généreux dans un homme supérieur à sa profession.

Malgré le chagrin ressenti par la comtesse au milieu de toutes ces scènes déplo-
rables, elle n'avait jamais perdu de vue le
plan qui devait faire sa belle-fille d'une
nièce qu'elle idolâtrait. Le duc de Gespart,
mis enfin dans la confidence des amours
d'Adolphe pour la couturière, en montra
d'abord une si vive indignation qu'il écrivit une lettre fort sèche à la marquise, dans
laquelle il lui apprenait qu'il ne consenti-
rait plus au mariage projeté, se voyant dé-
gagé de sa parole d'après ce qui s'était passé.

La marquise en recevant cette lettre
l'accueillit d'un sourire moqueur, et voyant
les pleurs qu'elle faisait répandre à sa bru :
« — Rassurez-vous, lui dit-elle ; votre frère
est fâché, laissons-lui le temps de passer sa
mauvaise humeur. Il nous reviendrait de
lui-même si nous voulions patienter, mais
je sais le moyen de le réduire plus vite.

La vieille dame avait raison ; le duc d'Allindal vint la voir, eut avec elle une conférence secrète, se rendit au château et demanda au roi de venir au secours des Nertal. « — Sire, dit-il, la rapidité des événemens n'a pas permis à Votre Majesté de dissuader le jeune vicomte ; vous pouvez maintenant rendre à son digne père un vrai service, celui de calmer la colère du duc de Gespart. »

A la suite de ce propos le duc d'Allindal conta toute l'affaire, et comme, tout roi qu'il était, Louis XVIII ne haïssait pas de se mêler des tracasseries intérieures des gens dont il s'entourait, il prit volontiers le soin de ramener M. de Gespart à ses premiers sentimens. Le lendemain matin l'ayant aperçu à son lever :

« — Duc, lui dit-il, j'ai une proposition de mariage à vous faire, et je m'intéresse beaucoup à son succès. »

M. de Gespart se confondit en protestations de dévouement et d'obéissance.

« — Alors, reprit le monarque avec une

expression de malice, je puis me flatter que
vous ne refuserez pas de marier votre
fille avec son cousin germain, le vicomte
de Nertal. »

« — Mon neveu, Sire ! Votre Majesté
ignore sans doute..... »

« — Est-ce qu'il est dans mon royaume
quelque chose que je ne sache pas ? dit le
roi avec une gravité jouée ; votre doute,
mon cher Duc, est presque criminel ; je sais
tout, que le vicomte a été un fou, et que
vous le seriez plus que lui de vous fâcher
pour une amourette. Cet hymen est avantageux aux deux familles ; vous savez les
promesses que j'ai faites à votre gendre, je
tiens à les effectuer. »

Certes il n'en fallait pas tant pour tour-
ner la volonté de sa seigneurie. Elle revint
à ses premiers engagemens avec une facilité
merveilleuse ; un courtisan, d'ailleurs, a-t-il
jamais refusé ce que le monarque lui demande à titre de grâce ? M. de Gespart fut
le premier à revenir chez sa sœur ; il l'em-
brassa avec tendresse.

« — Que tout soit oublié, dit-il ; votre fils deviendra le mari de ma fille dès que sa santé sera revenue ; car enfin je ne veux pas qu'Honorie épouse un fantôme. Ce serait par trop si à défaut du cœur de son époux elle était encore privée du reste. »

Sa Seigneurie tenait singulièrement au positif ; mais ce mariage, dont on s'occupait, n'était pas près d'être conclu. Adolphe poursuivait le cours de sa cruelle maladie, que prolongea une imprudence de ses parens. La pauvre Thérèse, pour rendre à son amant une liberté entière, lui avait écrit après sa disparition une lettre déchirante où la vertu essayait de se faire entendre de l'amour. Cette lettre, qui dans sa naïveté annonçait une séparation sans terme et une détermination profonde de ne plus renouer des nœuds rompus par le dévouement le plus sublime, fut remise au jeune homme avec une précipitation bien funeste. Elle acheva de détruire ses forces en redonnant une vivacité nouvelle à des douleurs morales ; et lorsque enfin la vie dans Adolphe

triompha de la mort, les docteurs assemblés
déclarèrent que le vicomte avant tout avait
besoin de se distraire, qu'un voyage lui était
indispensable, et qu'il fallait l'envoyer passer quelque temps sous le beau ciel de l'Italie.

Amédée d'Erbeuil apprenant ceci demanda comme une faveur d'accompagner
Adolphe, et on reçut avec plaisir sa proposition. Mongervel se serait aussi offert avec
joie, mais il ne pouvait se dissimuler que
son ami ne le voyait plus avec intérêt ; celui-ci cependant n'avait jamais su la part
odieuse qu'il s'était donnée dans la dernière
intrigue. Cyprien par prudence avait gardé
sur ce point un silence religieux, et les
courses entreprises par le colonel à l'é-
poque de la fuite de Thérèse furent mises
sur le compte du ministre de la guerre, qui,
à la prière de M. de Nertal, voulut bien se
prêter à cette innocente supercherie. Mais
si Adolphe ignorait la culpabilité complète de Mongervel, il n'ignorait pas de
même ce qu'il avait pu faire auparavant, et
le souvenir des trahisons dont il le soup-

connait le refroidit entièrement à son égard.

Mongervel cependant continuait de fréquenter l'hôtel de Nertal. La marquise, à la suite de la guerre d'Espagne, où il s'était distingué, non-seulement obtint pour lui le grade de maréchal de camp, mais encore le grand cordon d'un ordre étranger, et quand elle le vit ainsi respectable par l'effet de son mérite et de la faveur, elle essaya d'engager le comte de Nertal à lui donner Régine.

« — Ma mère, répliqua ce seigneur, je n'aime point le baron Mongervel; il nous a servi, sans doute, mais à sa place je me serais conduit autrement, et cet homme ne sera jamais, de ma volonté au moins, le mari de ma fille. »

La marquise, dépitée de la réponse de son fils, ne se tint cependant pas pour battue; elle tourna son espoir d'un autre côté, et tâcha de gagner l'esprit de la comtesse en lui faisant valoir, comme méritant une haute récompense, ce que Mongervel avait fait pour eux. En même temps elle essaya d'inspirer à Régine de l'amour en faveur de l'ancien ami de son frère ; elle manqua ce dernier moyen. Si Régine avait dans son cœur une préférence, elle aurait dû la vie au sentiment que l'amitié d'Amédée d'Erbeuil inspirait à son cœur. Le général Mongervel n'était point parvenu à lui plaire, et la marquise ne devait pas trouver une auxiliaire en elle. Cependant, forte de l'ascendant qu'elle prenait sur sa belle-fille, elle se flattait toujours d'amener la conclusion d'un mariage auquel elle tenait excessivement.

Adolphe, sans pouvoir s'accoutumer à la pensée que Thérèse lui était ravie à jamais, partit pour l'Italie avec Amédée. Il ne se flattait pas de trouver le repos dans cette terre classique ; mais il croyait y rencontrer la distraction dont il avait besoin. Amédée était d'un heureux caractère ; il aimait le plaisir, et le poursuivait en tous lieux. Sa course fut un enchaînement d'aventures piquantes, qu'il écrivit, et que

peut-être je mettrai au jour sous les yeux
du lecteur. Adolphe, que le goût des arts
n'abandonna jamais, ne put se trouver en
présence des plus grands chefs-d'œuvre
de la peinture, de la sculpture et de l'ar-
chitecture, tant ancienne que moderne,
sans sortir quelque peu de sa sombre mélancolie. Raphaël surtout le transportait
d'admiration. Il dut à la contemplation des
tableaux de ce peintre sans pareil des heures moins pénibles. Il s'abandonna parfois
à des méditations profondes, qui prenaient
leur source dans les souvenirs de Rome antique.

Il aimait à se rappeler les efforts des ci-
toyens de Florence pour défendre leur liberté contre les Médicis; et sur le sommet
du Vésuve, il se délassa en interrogeant la
nature, prise pour ainsi dire sur le fait de ses
gigantesques convulsions. Je ne dirai pas
qu'Adolphe revint consolé de son voyage;
mais il reparut moins souffrant à Paris.
Néanmoins il essaya de parler à son père

IV.   9

de Thérèse, il la lui redemanda comme sa femme légitime.

Le comte de Nertal conjura son fils de se montrer digne des vertus de cette créature céleste, en acceptant le sacrifice qu'elle lui avait fait. « — Elle est tranquille maintenant, lui dit-il, si elle n'est pas encore heureuse. Elle a près d'elle une excellente amie et son fils, qui est le vôtre ; son fils qui jouira de tous les droits qu'il s'est acquis par sa naissance, et que nous lui devons. Adolphe, cette passion fatale fut l'erreur de votre vertu. Oubliez-la ; songez qu'une carrière superbe vous était fermée par elle, et que désormais vous pourrez aider au bonheur de tous vos concitoyens, en siégeant dans la chambre héréditaire, où sans doute vous défendrez notre charte sacrée. »

Adolphe lui en donna l'assurance ; mais oublier Thérèse, c'était ce qu'il ne pouvait pas. Cependant les rapports de famille le ramenaient chaque jour auprès d'Honorie. Il lui était impossible de ne pas recon-

naître les qualités brillantes et solides de
sa cousine, en même temps que ses yeux
étaient frappés de ses charmes. Honorie,
instruite de l'amour du vicomte pour Thérèse, en souffrit, et ne s'en montra point
offensée; elle plaignait son parent; elle
donna souvent des larmes à la pauvre fille.
Un jour même elle osa en parler à Adolphe, et dès ce moment son triomphe demeura certain.

Le vicomte tomba dans le piége involontaire que lui tendait la pitié généreuse
de sa cousine. Il la supplia d'abord de lui
pardonner sa conduite passée; il raconta
ses aventures, son amour, les vertus de
l'orpheline, et il vit avec délice les larmes
qu'Honorie donnait à ce récit touchant; il
s'accoutuma par degrés à la prendre pour
confidente; il la recherchait avec plaisir,
et il était difficile qu'il n'appréciât pas son
mérite. Un jour qu'il était auprès d'elle
tandis qu'elle travaillait, il l'entendit pousser un léger cri de douleur; Honorie venait
de se piquer à une aiguille qui servait à la

tapisserie qu'elle brodait en ce moment.
Adolphe se tourna vers elle avec tant de
précipitation qu'il en fut surpris lui-même.
Il saisit la main d'où le sang sortait, et la
garda dans la sienne, moitié par intérêt et
moitié par l'effet d'une distraction rêveuse
qui s'empara de lui.

Régine était en tiers avec eux; elle passa
derrière Adolphe et Honorie, et, les pressant dans ses bras : «—N'est-il pas vrai, mon
frère, que c'est une possesion bien douce
que la possession de cette belle main? »

«— Oui, répliqua-t-il tandis que ses
yeux se remplissaient de larmes, le bonheur doit être avec Honorie, si le cœur
n'est pas toujours déchiré par le souvenir
du passé. »

Honorie ne dit rien, mais elle se dé-
tourna, et des pleurs qu'elle cherchait à
retenir laissèrent trop éclater ce qui se pas-
sait dans son âme. Adolphe se leva et sortit de la salle avec précipitation. Régine,
voyant sa fuite :

« — Victoire! s'écria-t-elle; il est à nous. Honorie, permets que, dans cet embrassement, je te salue du nom de sœur. »

CHAPITRE XI.

LA PROPOSITION INEXÉCUTABLE.

Nemo nocens sibi ipse pœnas irrogat.
SÉNÈQUE, *Hercule au mont OEta*, acte V, sc. 2.

« Le coupable ne s'inflige pas le châtiment qu'il mérite. »

LE vicomte Adolphe était de service au château lorsque le roi, dont la santé déclinait rapidement, lui fit signe de venir à lui. « — Eh bien, Monsieur, dit le monarque, vous voilà revenu de vos courses lointaines ; vos esprits sont-ils plus calmés ? »

Un soupir fut la réponse de Nertal.

« Tout doit avoir un terme. Croyez-vous, reprit le monarque, qu'il n'y ait pas des chagrins que le trône même ressente, et que pourtant on ne peut toujours écouter ? Mon enfant, vous êtes jeune, je suis vieux ; vous n'êtes pas pressé, je dois l'être. J'ai promis de signer votre contrat de mariage ; quand est-ce que vous me fournirez l'occasion de tenir ma parole ? »

« — Sire.... »

« — Vicomte, votre cousine n'est pas une femme qu'on refuse sans motifs. Avez-vous des griefs contre elle ? »

« —C'est la meilleure des créatures, celle qui procurera le mieux le bonheur à qui saura l'apprécier. »

« — Ce sera vous, vicomte de Nertal, vous qui l'épouserez, pour être heureux et pour me faire plaisir. »

Une princesse du sang s'approcha comme

Adolphe faisait au roi une profonde révérence.

« — Que vous dit mon oncle ? Je gage qu'il traite avec vous d'une alliance qui nous sera bien agréable à tous. »

« — Le roi, Madame, me donne des ordres. »

« — Et vous les exécuterez sans doute. »

« — Oui, si je puis être assuré que ma cousine n'aura pas à souffrir de ce mariage dont elle attend sa félicité. »

« — Vous êtes un honnête homme, reprit la princesse, un fils digne de votre père, et vous serez le meilleur des maris. »

La conversation finit là ; mais on sut la rapporter au comte et à la comtesse de Nertal, qui ce soir étaient venus faire leur cour. Elle les transporta de joie, tous leurs vœux se trouvaient remplis. Le premier modéra cependant quelque peu la vivacité de sa famille, qui parlait de conclure sur-le-champ l'alliance projetée ; il craignait que trop d'empressement ne déplût à Adolphe, et il souhaitait l'amener insensiblement à combler les vœux de ses proches.

Sur ces entrefaites le général Mongervel reçut une lettre du notaire de sa commune natale; elle parut lui causer beaucoup de surprise, et décider d'une manière brusque un voyage qu'il déclara vouloir faire sans retour, au pied des Pyrénées. Il se montra mystérieux sur le motif de cette course, même avec la marquise qui avait cherché à le faire parler à ce sujet. Cette dame fut la seule qui s'affligea réellement de son absence. A peine s'était-il éloigné que le duc de Gespart vint un matin causer avec Adolphe, et moitié en riant, moitié de mauvaise humeur, il sut si bien faire que son neveu déclara qu'il était prêt à épouser sa cousine.

Dès que cette parole eut été lâchée on s'empressa de tout préparer pour cet heureux dénouement. Adolphe se rendit chez Honorie : «—Mon amie, lui dit-il, j'ai bien long-temps rendu justice à vos vertus, mais j'étais loin de les apprécier comme elles de-

vaient l'être. Une passion furieuse s'était
emparée de moi, et des qualités rares et une
conduite respectable l'alimentaient. Je ne
me vanterai pas qu'elle est sortie sans retour
de mon cœur, mais je puis vous assurer
qu'elle ne sera plus un obstacle à ce que je
vous aime comme vous le méritez. Vous
apprécierez ainsi que moi la conduite héroïque d'une pauvre fille digne de votre
estime. Je dois aussi vous prévenir que le
fils que j'ai d'elle, s'il ne peut succéder à
mes titres et à la pairie, sera traité convenablement lorsqu'il me reviendra, et aura
part d'enfant légitime. »

Honorie répondit à son cousin en femme
au-dessus d'une jalousie vulgaire, et elle
lui prouva que tout ce qu'il sentirait de dé-
licat en lui serait partagé par son cœur.
Elle montra dans cette conversation tant de
grandeur d'âme, tant de véritable générosité, que, tombant à ses genoux, il jura sur
l'honneur de consacrer toute sa vie à pro-
curer le bonheur à celle qui méritait si bien

sa tendresse ; dès lors il pressa lui-même
la conclusion du mariage.

Le jour en fut fixé. On orna les appartemens du duc de Gespart avec une magnificence nouvelle, car c'était chez lui que
le nouveau couple logerait. Madame Guérin, en donnant ses soins à ce que tout
allât bien, ne pouvait s'empêcher de sou-
pirer lorsqu'elle songeait à Thérèse, objet
secret de sa prédilection. Elle avait vu dis-
paraître cette pauvre fille avec un chagrin
inexprimable, et quand on parlait devant
elle de l'union prochaine qui mettait en
mouvement tout l'hôtel, elle se surprenait
à secouer la tête et à se demander si ce mariage serait jamais heureux.

Adolphe, ainsi qu'elle, ne se flattait pas
d'un meilleur avenir. Plus le jour de la
noce avançait et plus une mélancolie profonde et un vague pressentiment troublaient
son âme. Il ne se rendait pas compte des
sensations pénibles qu'il éprouvait, et toutes
les fois que l'image de Thérèse resplendis-

sait devant ses yeux, il les fermait avec effroi, ne pouvant se faire à l'idée qu'il renonçait à des sermens jurés avec tant de
solennité. Trois jours encore le séparaient
de celui qui allait décider de son sort; il
avait passé la soirée précédente avec Honorie, et par des paroles affectueuses, s'était
efforcé de calmer une crainte bizarre que
sa cousine avait tout à coup manifestée. Il
se leva de bonne heure afin d'être prêt lorsqu'Amédée d'Erbeuil, qui devait venir le
prendre pour aller faire ensemble quelques
emplètes, serait arrivé. On heurta légère-
ment à la porte de sa chambre, aucun domestique n'étant là pour annoncer. Un
effet singulier de sympathie fit retentir ce
bruit dans son cœur. Adolphe était assis
devant son secrétaire; il tressaillit et se leva
en disant : « Entrez. »

Le général Mongervel parut devant lui.
Sa figure était grave, sa personne agitée, et
une sombre inquiétude éclatait dans ses
yeux. Adolphe reconnut d'un seul regard
ce que je décris; néanmoins, sans trop s'en

occuper encore, il marcha droit au survenant :

« — Est-ce vous, Général ? votre course
n'a pas été longue. Est-ce pour mon mariage que vous revenez ? »

« — Non ! » lui fut-il répondu laconi-
quement.

« — Des affaires imprévues vous rappel-
leraient-elles ? n'en êtes-vous pas satisfait ?
je crains qu'elles ne soient tourmentantes,
car votre front me paraît soucieux. »

« — J'ai de grands motifs pour ne pas
être content, reprit Mongervel avec un ton
chagrin qui ne le quitta plus ; la destinée
est bien bizarre, elle frappe des coups qu'on
ne devait pas attendre et surtout prévenir. »

« — Menacerait-on votre fortune ? des
ennemis vous auraient-ils desservi ? »

« — Ma fortune est la même. Des ennemis, je ne crois pas en avoir ; hors un seul
bien funeste, et cet ennemi c'est moi-
même. »

« — Vous êtes-vous donc fait du mal ?
demanda Adolphe non sans une nuance de
malice ; cela m'étonne car vous avez toujours
conduit votre barque avec une adresse peu
commune. »

« — Dites en insensé, en aveugle, en
homme qui devait porter le poids de sa
faute et qui est puni cruellement. »

« — Avez-vous en moi quelque confiance ? connaîtrai-je la cause de votre
mauvaise humeur ? Les miens et moi pouvons-nous vous être utiles ? »

« — Oui, certainement, Vicomte ! j'espère tout de vous et de votre maison. Je
dois d'abord vous apprendre une nouvelle ;
je viens de retrouver une partie de ma famille, je ne suis plus sans parens, et ceux
qui m'ont été rendus sont arrivés avec moi
à Paris. »

« — Je vous en félicite, Mongervel, surtout s'ils peuvent aider à votre bonheur. »

« — Ils aideront à ma damnation éternelle ! s'écria le général en frappant le plan-

cher du pied ; ils ne sont nés que pour mon désespoir, mon déshonneur et ma perte. »

Adolphe se tut ; avant que de parler il désirait connaître mieux l'état des choses. Mongervel parut hésiter ; il se promena en silence dans la chambre, tandis qu'Adolphe l'examinait avec surprise. Il s'arrêta plusieurs fois, essaya de s'exprimer et parut toujours retenu par quelque chose qui tenait de la honte. Enfin, retrouvant dans son énergie physique cette force morale qui lui manquait, il s'arrêta, regarda fixement le vicomte, et puis d'une voix qu'il tâcha de rendre assurée :

« — Eh bien, à quand la noce ? »

« — Dans trois jours. »

« — C'est prompt ! et vous êtes décidé, Adolphe, à courir la chance d'un mariage de convenance ? »

« — Oui, Mongervel. »

« — Vous vous êtes décidé bien promptement. »

« — A qui la faute, Général? est-ce à
moi ou à ceux qui ont travaillé avec tant
d'activité pour m'empêcher d'être heureux
à ma manière? »

« — Ils étaient des extravagans, et
croyez qu'il y en a que la Providence a
cruellement punis! »

« — C'est possible; je leur pardonne
dans ce cas. »

« — Bien obligé pour eux! » dit Mongervel avec un sourire qu'il crut gai et
qui était amer. Quoi! Adolphe, vous ne
frémissez dsa devant cette union prochaine? »

« — Pourquoi frémirais-je? ne connais-je
pas depuis long-temps celle que je vais
épouser? elle a toutes les vertus qui assu-
rent le bonheur et qui le donnent, et sans
compter ses attraits..... »

« — Allons, il ne vous reste plus qu'à
en être amoureux. »

« — Me conseilleriez-vous de la haïr? »

« — Je vois que vous oubliez bien facilement le passé. »

« — Qui vous a dit que je l'oublie? et,
dans tous les cas, est-ce à vous à m'adresser
ce reproche? Vous mériteriez, Mongervel, pour vous en punir, que je vous re-
prochasse les soins que vous vous êtes
donnés peut-être pour amener les choses
dans l'état où elles sont! je devrais le faire,
lorsque vous venez à cette heure me tenir
d'aussi étranges propos! »

« — Oui, vous avez raison de me que-
reller, j'ai mal mené ma barque; j'ai cru
bien faire, et j'ai mal fait; je me suis lancé
dans dans un labyrinthe inextricable.....
Mais, mon ami, avez-vous oublié votre
premier amour? la pauvre Thérèse est-elle
sortie de votre cœur? et l'enfant que vous
en avez eu restera-t-il toujours bâtard? »

« — Par ma foi, Général, vous me con-
fondez en me tenant un pareil langage!
Est-ce vous qui me parlez, vous qui, tout
me l'assure, quoique je n'en aie pas la

9*

preuve manifeste, avez travaillé à me séparer de cette malheureuse créature; vous
au moins dont les conseils répétés tendirent
toujours à combattre ma passion, qui vou-
driez maintenant la rallumer! et dans quel
moment encore! »

« — Dites-moi ce que vous voudrez,
accusez-moi de trahison, vous serez en
droit de le faire; je ne m'en plaindrai pas.
Je sais que l'heure est désastreusement
choisie pour vous ramener en arrière, mais
je suis obligé par la loi impérieuse de
l'honneur de vous tenir un autre langage. »

« — Et, par l'avis de ce même honneur,
je ne dois plus vous entendre. Ma position
est invariablement fixée. Que je sois désormais heureux ou malheureux, ne vous en
occupez pas, puisque moi-même je me
lance les yeux fermés dans la vie à venir. »

Le général ne répondit pas d'abord; il
recommença à marcher en silence, tandis
qu'Adolphe, plus que surpris de ses propos, ne pouvait en concevoir l'opportunité.

Mongervel enfin revenant à lui et lui prenant la main :

« — Vicomte, pardonnez-moi ce que je vais vous dire ; mais vous ne pouvez pas épouser mademoiselle de Gespart ; votre main, le titre de votre femme appartiennent à Thérèse Mortier. »

« — Général, ne recommencez point à me tenir un tel langage. Est-il bien à vous de briser mon cœur ? Quelle vapeur malfaisante vous égare ? Songez-vous où vous êtes ? que ma famille a toujours des droits à vos égards, et que vous lui en manquez aujourd'hui ? »

« — Adolphe, mon ami, croyez que mes motifs pour m'exprimer ainsi doivent être bien grands. Oui, je confesse qu'en un certain sens j'ai tort ; mais au fond je me justifierai sans peine. Écoutez-moi, mon ami ; ne nous emportons pas, traitons l'affaire que nous avons ensemble en bons parens, en frères. »

« En frères, Général ! mais vous me jetez dans une inquiétude..... Que s'est-il passé depuis notre dernière séparation ?... »

« — Il s'est passé..... que vous ne pouvez plus être le mari de votre cousine, et qu'il faut que vous épousiez absolument Thérèse Mortier. »

« — Voilà une proposition étrange ! »

« — La suivrez-vous ? »

« — Elle vient trop tard, dit Adolphe après un instant d'hésitation ; ce qui était possible il y a six mois ne l'est plus aujourd'hui ; je suis lié d'une manière irrévocable. »

« — Songez, Adolphe, à la vertu de Thérèse, à son malheur ; songez qu'elle ne vous a cédé que sous la promesse solennelle de la prendre pour femme..... »

« — Je sais tout cela mieux que vous ; mais elle a renoncé à ses droits, elle m'a fui. J'ignore où elle peut être, deux ans se sont écoulés sans qu'elle soit revenue, et par là elle m'a prouvé qu'elle persistait dans sa résolution. Vous m'avez tous rap-

proché de ma cousine ; vous-même, plus
que les autres, m'avez conseillé ce mariage. »

« — J'étais alors un misérable, » s'écria
le général.

« — J'ai consenti, poursuivit Adolphe,
à vous satisfaire tous ; j'ai demandé Honorie volontairement, la famille royale est en-
gagée dans cette union, est-il raisonnable
maintenant que je rompe sans motifs..... »

« — Raisonnable ou non, reprit Mongervel avec une teinte de hauteur, il faudra pourtant que cela soit. Thérèse, mieux
conseillée, est ici ; elle demande l'exécution de votre parole, ou, pour mieux dire,
ses parens l'exigent en son nom ; ils veulent, malgré sa magnanimité mal entendue, que son séducteur lui rende l'honneur
qu'il lui a ravi. »

« — Général, ce ton ne me convient en
aucune manière. Êtes-vous chargé de la
procuration de la famille de Thérèse ? Il
me semble que vous étiez le dernier qui deviez l'accepter. »

« — Eh! qui voulez-vous qui prenne la défense d'une nièce, si ce n'est son oncle? »

« — Vous, Mongervel! »

« — Oui, moi! elle est mon propre sang, la fille infortunée de ma sœur unique. »

« — Ah! mon ami, que je vous plains, et que nous sommes tous malheureux par votre faute! »

« — Cela est vrai, mais tout peut changer. Ma nièce n'est plus une fille obscure, je deviens son père, je lui donne ma fortune légitimement acquise, et je prends l'engagement de ne jamais me marier. Voilà, mon ami, ce que je vous offre; acceptez-vous? »

« — Votre nièce! »

« — Thérèse, avec son amie et son fils, quittèrent Paris secrètement. Je conseillai de les envoyer dans la terre de votre aïeule, située sur la lisière des Pyrénées. Là, Thérèse avec surprise reconnut le lieu où elle avait pris naissance; elle se lia avec les habitans. Le notaire un jour la questionna, et

ceci à la même époque où, moi aussi, qui
étais sorti de ce lieu, je m'informais auprès
de cet homme de ce que pouvait être devenue une sœur que j'avais laissée à peine au
berceau, lorsque je fus appelé à Paris par
votre aïeule. Que vous dirai-je enfin? Ma
sœur avait épousé un mauvais mari qui
mourut jeune. Elle, espérant me trouver à
Paris, et sachant vaguement que j'avais fait
fortune, vint dans le dessein de se rapprocher de moi. J'avais changé de nom en
vertu de l'ordre de la marquise; elle ne me
retrouva pas et termina sa pénible carrière.
Thérèse était son unique enfant; toutes
ces choses m'étaient contées d'une manière
si embrouillée que je voulus aller moi-
même les approfondir sur les lieux. Je partis, et à mon désespoir éternel, je reconnus
dans ma nièce Thérèse la couturière. »

Mongervel s'arrêta et se frappa violem-
ment le front avec la main : Adolphe se
taisait, lui reprenant la parole :

« —Eh bien! Vicomte, que dites-vous
de tout ceci ? »

« — Que vous nous faites payer bien cher les rêves de votre ambition. »

« — Les pleurs se changeront en joie quand vous aurez revu ma mère et mon petit-neuveu. »

« — Thérèse ! mon fils !... Général, je ne les reverrai qu'après avoir épousé ma cousine. »

« — Pardieu , Adolphe, c'est vous que maintenant j'accuserai à mon tour de folie. N'êtes-vous pas engagé avec Thérèse ? »

« — Je... ne... le suis plus. »

« — Qu'est-ce à dire? Vous l'êtes toujours, ne lui avez-vous pas promis?... »

« — Général ! respectez ma position ; il n'est guère bien à vous de vouloir faire de moi une girouette, de prétendre me pousser tantôt d'un côté et tantôt de l'autre. Mon cœur est à Thérèse , puisqu'il faut l'avouer, mais ma main est à ma cousine. Ma cousine n'a pas mérité qu'on l'outrage, et ce sera elle que j'épouserai, quoique cette union me rende le plus malheureux des hommes. »

« — Cet héroïsme est hors de saison ; soyez honnête homme, il ne faut pas aller au-delà ; vous vous êtes engagé par écrit avec Thérèse. »

« — Elle a rendu son titre. »

« — Il est dans mes mains, le voilà, et je vous somme d'y faire droit. »

« — O Général ! quel rôle odieux ! »

« — Voulez-vous épouser Thérèse ? »

« — Non. »

« — Un parjure sera-t-il un lâche ? »

« — Vous voulez du sang, Mongervel ? Partons, et que celui qui sera versé retombe sur vous. »

CHAPITRE XII.

LE LIT DE MORT.

> « Voilà où vont se terminer tous les projets
> des hommes, et où finissent les passions qui
> troublent leur repos. »
>
> BOURDALOUE.

UNE demi-obscurité enveloppait la chambre du vicomte de Nerial, couché lui-même sur son lit et environné de sa famille. Adolphe, percé de part en part d'un coup d'épée, n'était pas encore revenu de son long évanouissement; l'appareil n'avait pas été levé, et l'on attendait les chirurgiens cé-

lèbres qui devaient prononcer sur le sort
du blessé. La marquise, assise sur un canapé, s'enveloppait dans un manteau de
velours noir; immobile et rêveuse, tandis
que ses yeux demeuraient fixément attachés sur son petit-fils, elle semblait le fantôme de la mort attendant avec patience le
moment de saisir sa proie. La comtesse, à
genoux et penchée sur un fauteuil, implorait le ciel par ses ferventes prières, que
Régine voulait répéter sans pouvoir y par-
venir, tant ses sanglots convulsifs interdi-
saient le passage à ses paroles pieuses.
M. de Nertal, au pied du lit, caché à
demi dans les rideaux, regardait lui aussi
ce fils si cher, si vertueux, prêt à être ravi
à son espérance et à sa tendresse; il ne ver-
sait aucune larme, il ne parlait pas, mais
sa figure était le désespoir même.

Cyprien Aimar, placé dans la ruelle, au
chevet du lit, examinait lui aussi l'ami
qu'il avait tant aimé, et une douleur ex-
pressive annonçait combien il voyait s'approcher avec terreur la minute qui ferait

d'Adolphe un cadavre insensible. Amédée d'Erbeuil avait été le second du vicomte dans son funeste duel ; cette cause seule l'écartait de ce lieu ; il n'osait se présenter devant cette famille malheureuse. Derrière la marquise, le père Poulvant implorait lui aussi, et à sa manière, le souverain créateur ; et Joseph, hors d'état de faire son service, avait perdu la tête à tel point qu'oubliant les habitudes de respect, il avait pris une chaise devant ses maîtres.

Les docteurs entrèrent, levèrent l'appareil, et le comte de Nertal reçut du coup d'œil réciproque qu'ils échangèrent l'assurance que son fils lui serait ravi ; il rassembla toutes ses forces et comprima dans son cœur torturé cette certitude terrassante. Adolphe revint à lui ; on reconnut au mouvement de ses lèvres qu'il voulait parler.

« — Taisez-vous, Monsieur, lui dit l'un des docteurs ; le silence vous est nécessaire. »

Adolphe fit signe à son père de s'approcher; le comte se releva avec promptitude, et accourut aux désirs de son fils.

« — Écoutez, lui dit le blessé d'une voix qu'il entendit à peine : je n'ai que peu d'instans à vivre; je ne puis offrir à Honorie un cadavre pour époux, tandis que la pauvre Thérèse a des droits sur le reste de mon existence prête à finir. Vous me retrouverez dans mon fils. »

Le comte, dès qu'il eut connu la pensée d'Adolphe, posa sur la bouche de celui-ci une main glacée, puis lui-même prenant la parole :

« — Ma mère, dit-il, notre enfant vous demande pour femme légitime la demoiselle Thérèse Mortier. »

« — La sœur de Mongervel! s'écria la marquise en se débarrassant de sa mante noire et en relevant sa tête fléchissante; Providence, que tes décrets sont impénétrables! Oui, que le jeune homme l'épouse, j'y consens du plus profond de mon cœur. C'est un mariage très-sortable, je dis très-sortable, Messieurs; et je ne me sers pas en dérision de ce mot. Si je pouvais en dire davantage, vous verriez que le doigt de Dieu a conduit tout ceci. »

La marquise en prononçant ces paroles y mit un accent mystérieux qui épouvanta les auditeurs. Madame de Nertal, incapable de répondre à la demande que le comte lui adressa aussi, donna son consentement par un simple mouvement de tête. Son mari sortit à pied, tant il craignait de perdre une minute; il fut jusques au château des Tuileries. Sa naissance et sa parenté avec la plupart des grands officiers de la couronne lui ouvrirent promptement un accès auprès du roi.

« — Que me voulez-vous, malheureux père? » demanda le monarque.

« — Sire, une faveur bien précieuse : les dispenses nécessaires pour consacrer un mariage sur le lit de la mort. »

« — Espérez, comte de Nertal. »

« — De retrouver mon fils, et avant peu, dans un meilleur monde : voilà toute l'espérance qui me reste sur cette terre. »

Le roi soupira, et sur-le-champ fit expédier les ordres nécessaires, tandis que l'archevêché donnait aussi les dispenses exigées par les saints canons. Tout arriva à la fois, et bientôt Régine amena la pauvre Thérèse, suivie de Sophie, qui portait le jeune Cyprien.

La sœur du général Mongervel avait ignoré jusqu'à ce moment le duel de la veille. Amenée à Paris par force, car elle persista toujours à tenir la parole qu'elle avait donnée aux Nertal, elle n'espérait aucun bonheur de cet hymen qu'on voulait lui faire contracter par violence. Elle avait vu sortir son frère sans connaître le motif de son départ; elle le vit revenir muet et farouche, ne lui parlant pas et courant s'enfermer dans sa chambre, qu'il ne quitta plus de tout le reste de la journée. Cette nouvelle conduite de sa part la surprenait; loin d'en deviner cependant la cause, elle se figurait que les démarches qu'il aurait tentées pour la rapprocher d'Adolphe n'ayant pas réussi, il en était honteux et n'osait plus paraître devant elle.

Thérèse parlait encore sur ce sujet à
Sophie Loblin, lorsque Régine se montra
les yeux noyés de larmes et la mort em-
preinte sur ses traits abattus. A l'aspect de
cette noble personne, qu'elle reconnut
parfaitement, et à celui de la douleur
qu'elle manifestait, l'imagination impé-
tueuse de la pauvre fille atteignit presque à
la vérité, que Régine lui fit connaître en
la frappant plus encore du coup cruel qui
la terrassait. Comment décrire tout ce qu'é-
prouva Thérèse quand on lui annonça à la
fois que son amant n'avait plus que quelques heures à vivre et qu'il ne voulait pas
mourir sans lui avoir tenu la parole pro-
mise? Une telle peinture est au-dessus de
la faiblesse de mon pinceau ; je ne l'entre-
prendrai pas.

Thérèse partit enfin ; elle arriva, ainsi
que je l'ai dit plus haut, dans la chambre
où gisait Adolphe. Rien n'a jamais atteint
à tout ce que présenta de déchirant cette
scène affreuse, où la comtesse et la marquise se trouvèrent en présence de celle

qui, bien innocemment sans doute, était pourtant la cause de la perte de leur fils, où Thérèse obtenait ce mariage, but unique de ses souhaits, à l'heure presque où son époux lui serait ravi, et cela par la main de son propre frère. Adolphe, de son côté, éprouvait l'angoisse cruelle de ne toucher au bonheur que pour le quitter promptement.

L'officier civil et le curé de la paroisse avaient devancé la jeune femme; ils remplirent leurs fonctions, non pas au milieu de la manifestation des joies de deux familles heureuses, mais en face des pleurs et du désespoir, et tandis que l'on faisait presque les apprêts de la cérémonie funèbre, qui ne tarderait pas à succéder à ce mariage malheureux. Lorsque les paroles sacrées furent prononcées, Adolphe, d'un œil éteint, regardant sa femme et son jeune fils :

« — Thérèse, dit-il, je te demande pardon de mes torts envers toi. Le premier a été de te tromper par un faux nom et une condition fausse; le second, de ne

pas persister, et malgré toi, dans mes engagemens. Sois épouse vertueuse, ainsi que
tu as été fille sage ; aime mes bons parens,
qui ne tarderont pas à reposer en toi toutes
leurs affections. Rappelle à mon fils le souvenir de son père ; je demande au ciel
qu'il soit plus heureux que moi. Dis à ton
frère que je lui pardonne ; il a fait son devoir ; je meurs victime du mien, car l'honneur bien ou mal entendu nous place souvent dans des positions difficiles. Je pardonne en outre à tous ceux qui ont con-
tribué à nous séparer..... Oui, mon père,
et à vous-même, à vous que j'aimerai jusqu'au dernier soupir..... Je demande que
Cyprien Aimar, ce noble ami, vous soit
adjoint dans la tutelle de son filleul, mon
enfant, et que celui-ci soit élevé de manière à profiter des vertus de son parrain
et des vôtres. Je prie Dieu enfin d'avoir
pour moi l'indulgence dont j'ai tant besoin,
et que je réclame de sa miséricorde..... »

Tirons un voile sur les suites des dernières paroles du mourant. L'arrêt porté
par les hommes de l'art ne se vérifia que

trop; Adolphe entra vers les cinq heures du soir dans les convulsions de l'agonie, et il expira, non sans quelque douceur, dans les bras de sa femme et en recevant les caresses innocentes de son fils. Une douleur profonde pesa sur tous les infortunés que renfermait cette maison ; celle du comte, quoique la plus amère peut-être, fut celle qui éclata le moins ; il avait à sacrifier son propre cœur à sa femme, à Thérèse, à sa fille et à sa mère. Cyprien, Sophie et lui cherchèrent dans leur vertu des forces pour leur en donner, et le temps seul put venir utilement au secours de leur tentative héroïque.

Cyprien, que Dieu bénit, prospéra et devint riche. Plusieurs années après, et pour obéir au souhait de la vicomtesse de Nertal, il offrit le mariage à Sophie Loblin, dont l'éducation s'était faite dans la nouvelle société qu'elle avait fréquentée ; digne alors de son mari, elle lui procura le bonheur, si le bonheur peut se trouver sur la terre quand l'âme reste en butte aux amertumes d'un cruel souvenir.

Régine, plus tôt qu'elle, épousa Amédée d'Erbeuil, qu'on ne pouvait rendre responsable des suites funestes du duel dont il avait été l'un des témoins. Honorie, frappée, ainsi que le reste de la famille, du dénouement inattendu de son hymen, se refusa à contracter d'autres nœuds, et, par un sacrifice sublime, elle voulut passer sa vie avec Thérèse, tandis que le fils de celle-ci fut appelé à remplacer le duc de Gespart et le malheureux Adolphe dans les honneurs de la pairie.

Je ne dirai rien de la femme Robillot, qui mourut peu après frappée de paralysie; ni de sa nièce, qui dévora son héritage et continua le métier qu'elle entreprenait avec tant de naturel. Mademoiselle Séphas épousa un de ses voisins, et peut-être fut-elle de toutes la moins à plaindre.

Les cérémonies funèbres terminées et le bout de l'an révolu, Thérèse déclara à la famille de son mari (elle n'avait jamais voulu revoir son frère) la résolution inébranlable qu'elle allait prendre.

« — Je suis entrée, dit-elle, dans une illustre maison avec toutes les habitudes d'une fille du peuple ; j'y serais mal à mon aise, et par mes manières communes je nuirais peut-être à sa considération. J'ai d'ailleurs perdu celui qui m'aurait rendue heureuse ; je veux passer le reste de mes jours à prier pour lui et pour les siens. Mon fils n'aura pas besoin de moi ; son grand-père et Cyprien lui suffiront. Que pourrais-je lui apprendre, pauvre ignorante que je suis ? »

En conséquence de ces paroles, Thérèse, renonçant pour jamais au monde, entra dans une maison religieuse, d'où elle ne sortit plus, se conformant à la sévérité de la règle, sans néanmoins prononcer les vœux claustraux. Honorie fut, comme je l'ai dit, se renfermer avec elle, et quand elles avaient terminé leurs devoirs pieux, elles s'entretenaient tristement du vicomte de Nertal, que Thérèse appela toujours Jean-Baptiste.

CHAPITRE XIII.

LA VENGEANCE.

Illi mors gravis incubat,
Qui notus nimis omnibus,
Ignotus moritur sibi.
SÉNÈQUE, *Thyeste*, acte III, sc. I.

« Celui-là doit mourir avec douleur, qui
après avoir trop cherché à être connu,
meurt sans se connaître lui-même. »

Il y avait quatre mois qu'Adolphe était
descendu dans le cercueil lorsqu'une lettre
de la marquise de Nertal fut portée au général Mongervel, qui, dévoré de remords
et perdu dans l'opinion publique, vivait tristement dans une maison de campagne aux
portes de Paris. La lettre était ainsi conçue :

« Ma famille tout entière passera la jour-
» née hors de l'hôtel; je désire que le ba-
» ron Mongervel vienne me voir à midi
» précis. Qu'il ne craigne pas de m'abor-
» der; j'ai à lui communiquer des choses
» de la plus haute importance, et qui con-
» cernent le secret de sa naissance; je veux
» lui faire connaître à qui il appartient. Je
» le prie de me rapporter ce billet. »

Mongervel, surpris d'un pareil message,
mais frappé en même temps de ce qu'il

lui annonçait, ne balança pas à se rendre à l'invitation de la marquise, quoiqu'il ressentît une peine violente d'avoir à se représenter dans l'hôtel de Nertal. Ce fut avec une douleur vraie qu'il traversa ces appartemens où tout lui retraçait le passé, et alors qu'il fut sur le point d'entrer dans la chambre de la marquise, une illusion de sa conscience lui montra l'ombre sanglante de son ami qui l'accueillait avec un sourire de pitié et de colère. Mongervel tressaillit.

La marquise, vêtue de noir, était auprès d'une petite table d'ébène sur laquelle il y avait un paquet de papiers soigneusement cachetés. Le général s'approcha d'elle, ému au plus haut point et n'osant ouvrir la bouche pour la saluer. Elle, prenant la parole avec une fermeté démentie par le tremblement de sa voix et par la malignité qui brillait dans ses yeux :

« — Ma lettre, Mongervel. »

« — La voilà, Madame. »

Elle la prit, l'examina ; puis, la lui rendant:

« — Brûlez-la, » dit-elle.

Il allait vers la cheminée.

« — Attendez, Mongervel, voici des papiers désormais inutiles; jetez-les au feu également. »

Il obéit; la marquise se tut, et quand la flamme eut tout consumé:

« — Assassin de mon Adolphe, dit la vieille dame avec une joie infernale, je sais ton ambition, et c'est en te frappant dans elle que je pouvais espérer de te punir. Tu es mon petit-fils; ton père est né de moi et d'un personnage immensément riche et maintenant au faîte des grandeurs; j'avais l'intention de te sacrifier ma réputation, et de contracter avec lui un mariage qui t'aurait illustré à jamais, car il vit cet homme que je déteste autant que je te hais. Mais tu as immolé ton ami, tu en porteras la peine: jamais tu ne connaîtras à qui tu dois le jour; la preuve de ta naissance existait dans les papiers que toi-même vient de détruire. »

Mongervel poussa un cri, et s'éloigna comme frappé de la foudre. La marquise de Nertal expira dans la nuit qui suivit ce jour.

FIN DU TOME QUATRIÈME ET DERNIER.